광해록

광해록 14 완결

초판 1쇄 인쇄일 2015년 12월 4일 | **초판 1쇄 발행일** 2015년 12월 16일

지은이 조 휘 | **펴낸이** 곽중열 | **담당편집 팀장** 이범수
편집부 신연제 이윤아 김호성 김은경

펴낸곳 (주) 조은세상 | 출판등록 제 2002-23호
주소 경기도 연천군 미산면 청정로 1355
TEL 편집부 02)587-2966 | FAX 02)587-2922
e-mail bukdu@comics21c.co.kr

ISBN 979-11-5832-374-5 | ISBN 979-11-5512-853-4(set) | 값 8,000원

光海錄

광해록

NEO ALTERNATIVE HISTORY FICTION

조휘 대체 역사 장편소설

14

완결

(주)조은세상

CONTENTS

NEO ALTERNATIVE HISTORY FICTION

광해록

1장. 격돌

NEO ALTERNATIVE HISTORY FICTION

1장. 격돌

도성에서 동대문, 즉 흥인지문(興仁之門)방향으로 출성해 고개를 돌리면 남쪽에 한강이, 북쪽에 정릉(貞陵)이 있었다.

정릉은 여인의 한이 서려있는 곳이었다.

정릉에 묻힌 여인은 태조의 측실 신덕왕후(神德王后) 강씨(康氏)다. 태조의 정실이던 신의왕후(神懿王后) 한씨(韓氏)가 정종(定宗) 이방과(李芳果), 태종(太宗) 이방원(李芳遠) 등을 낳고 죽자 측실이던 신덕왕후 강씨가 태조의 정비역할을 했다. 문제는 강씨가 정도전(鄭道傳) 등과 협력해 자기 소생인 방석(芳碩)을 세자에 앉히려했다는 것이다.

이는 당연히 본처 소생인 이방원과의 불화를 낳았는데 그 결과 발생한 게 제 1차 왕자의 난이다. 그 후, 보위에 오른 태종은 이때의 원한을 잊지 못했다. 안암골에 있던 신덕왕후 강씨의 무덤을 도성 밖에 있는 양주(楊州) 사을한록(沙乙閑麓)으로 옮겼다. 이 사을한록이 바로 지금 정릉동(貞陵洞)이고 정릉동에 있는 신덕왕후 강씨 무덤이 정릉이다.

태종은 이장하는 것으로는 성에 차지 않았던 것이 분명했다.

정릉동에 있던 정자는 헐어버렸으며 무덤은 봉분을 깎아 무덤이 없는 거처럼 꾸몄다. 또, 도성에 물난리가 났을 때는 무덤을 지키던 병풍석을 가져와 광통교(廣通橋)를 보수했다. 백성들이 신덕왕후의 병풍석을 밟고 지나가게 한 것이다.

정릉이 본모습을 찾은 게 지금으로부터 몇 십 년 후인 현종(顯宗)시절이니 지금은 주인 없는 무덤이나 마찬가지였다.

다그닥!

말을 타고 도성을 나와 정릉이 있는 북쪽을 응시하던 중년 사내는 이내 기수를 돌려 한강이 있는 남쪽으로 달려갔다.

사내는 질 좋은 갓에 비단 도포를 입은 양반이었다.

봇짐이 없는 것을 보면 그리 먼 길을 가는 거 같지는 않았다.

살집이 있어 꽤 부유한 듯 보였지만 손마디는 아주 거칠었다. 이는 그가 천생 무인이거나, 아니면 생활이 핀지 오래되지 않았다는 뜻일 것이다. 몸에는 무기처럼 보이는 게 없었지만 주변을 둘러보는 눈에서는 날카로운 빛이 번득였다.

잠시 후, 한강변 나루터에 도착한 사내는 뱃사공에게 삯을 넉넉히 지불한 다음, 말과 함께 배에 올랐다. 말은 배에 탄 적이 많은지 물이 무서울 법도한데 거리낌 없이 배에 올랐다.

말 값까지 합쳐 배 삯을 받은지라, 사공은 개의치 않고 배를 출발시켰다. 한강은 너비가 엄청나게 큰 강이었다. 매일 봐서 실감만 못할 뿐인지, 다른 강과 비교하면 차원이 달랐다.

배는 사공이 땀을 흠뻑 쏟은 후에야 반대쪽 나루터에 도착했다. 사공에게 고개를 끄덕여 고마움을 표한 사내는 다시 말 위에 올라 천천히 이동했다. 한강 남쪽, 즉 강남에서는 사람 보는 일이 그렇게 쉽지 않았다. 강남은 조선이 아니라, 대한민국이 건국되고 한참 지나서야 개발이 시작되었다.

주변 풍경을 구경하며 강변을 따라 동쪽으로 이동하던 사내는 한명회(韓明澮)가 재력과 권력을 과시하기 위한 목적으로 강남 강변에 세운 압구정(狎鷗亭) 앞에 잠시 멈춰 섰다.

"목이 마르겠구나."

말을 강변 쪽에 보내 물을 마시게 한 사내가 압구정 정자 위에 올라가 강변 쪽을 유심(有心)한 시선으로 내려다보였다.

인간이 역사를 기록하기 이전부터 이 한강은 유유히 흘러갔을 것이다. 삼국이 한강을 차지하기 위해 치열한 사투를 벌였을 때에도, 조선이 새 도읍으로 한강변에 도성을 세웠을 때도, 한강은 제 몫을 하기 위해 그렇게 흘러갔을 것이다.

사내는 돌아서서 압구정을 둘러보았다.

"당대 한명회의 권세가 나는 새도 떨어트릴 지경이었다고 하지만 그도 결국 일개 신하였을 뿐이다. 중전을 두 명이나 배출했다지만 결국 연산군에 의해 부관참시되었지 않은가."

감상에 젖어있던 사내는 해가 기우는 모습을 보고 서둘렀다.

압구정을 지나니 인적을 찾아보기 힘든 숲이 모습을 드러냈다.

사내는 숲 속으로 말을 몰아 한참을 달려갔다.

나무와 풀, 관목지대를 지나니 마침내 초옥 한 채가 나타났다.

여유로워보이던 사내의 표정이 긴장으로 굳어졌다.

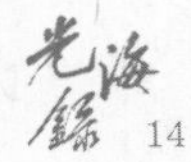

훌쩍 뛰어내려 하마한 사내가 좌우를 힐끔 둘러보았다.

풀벌레 소리만 요란했다.

사내는 그제야 안심했는지 초옥 안으로 성큼 걸어 들어갔다.

풀이 허리까지 자라있어 손으로 헤치고 가야 마루가 나왔다.

사내는 타고 온 말을 집 안 우물가에 묶어두었다.

그때, 마치 기다렸다는 듯 초옥의 문이 살짝 열렸다.

사내는 주의 깊게 주위를 둘러본 다음, 열린 문으로 들어갔다.

방 안은 의외로 깨끗했다.

가구는 별로 없었지만 방바닥은 윤이 날 만큼 잘 닦여 있었다.

사내는 주저 없이 상석에 앉았다.

그리고 그런 사내 앞에는 광대뼈가 튀어나온 강퍅한 인상의 사내가 앉아있었다. 무골인 듯 팔뚝이 여자 허벅지만 했다.

침묵을 깬 것은 상석의 사내였다.

"준비는 얼마나 되었는가?"

무골 사내가 지체 없이 대답했다.

"함경도, 평안도에서는 준비를 마쳤소."

"다른 곳은?"

"충청과 경기, 경상, 전라 역시 세를 모으는 중이오."

무골의 사내 대답에 상석 사내가 미간을 살짝 찌푸렸다.

"동네방네 떠들고 다닌 건 아니겠지?"

무골 사내는 그럴 리 없다는 듯 손을 내저었다.

"내 목숨과 가족의 목숨이 달린 일인데 설마 그렇게 했겠소?"

"으음."

상석에 앉은 사내는 미덥지 않다는 듯 표정을 풀지 않았다.

이때, 무골 사내가 반격했다.

"그쪽은 준비가 어떻소?"

무골 사내의 질문은 누구나 할 수 있는 질문이었다.

그러나 상석에 앉은 사내에게는 마치 금기를 물어본 듯했다.

방 안의 공기가 돌연 싸늘해졌다.

밖은 염천(炎天)인데 방 안은 마치 엄동설한이 몰아친 듯했다.

상석에 앉은 사내가 천천히 일어나 무골 사내를 내려다보았다.

무골 사내는 흠칫해 고개를 옆으로 돌렸다.

무골 사내를 바라보는 눈빛에 기이한 살기가 가득했던

것이다.

“내 일은 내가 알아서 한다.”

“알, 알겠소.”

기가 죽어 대답하는 무골 사내를 보며 몸을 돌린 그는 이내 방문을 열고 밖으로 나갔다. 잠시 후, 말이 달리는 소리가 들렸다. 그제야 참았던 숨을 내쉰 무골 사내가 주먹으로 방바닥을 내리찍었다. 그 앞에서 바보처럼 군 자신이 마음에 들지 않았던 것이다. 그러나 그때는 그럴 수밖에 없었다.

마치 살모사가 노려보는 듯해 꼼짝할 수 없었다.

한편, 무골 사내를 눈빛으로 제압한 그 사내는 왔던 길을 이용해 돌아갔다. 배를 타고 강을 건너 도성으로 돌아갔다.

그리곤 집에 가서 관복으로 갈아입은 다음, 경복궁으로 향했다.

경복궁의 웅장한 사태가 그를 맞이했다.

지나가는 관원과 내관, 궁녀들이 그를 볼 때마다 허리를 숙였다.

단지, 그의 지체가 높아서만은 아니었다.

그가 임금의 총애를 한 몸에 받는 인물이기 때문이었다.

근정전은 지나던 그는 문을 열어놓은 전각 안을 힐끔 보았다.

주사(朱砂)를 칠한 기둥 너머에 계단이 보였다.

계단의 끝에는 화려한 병풍에 둘러싸여 있는 옥좌가 있었다.

옥좌를 보던 사내의 입가가 잔인하게 비틀렸다.

"후후."

나지막이 웃은 그는 이내 발길을 돌려 교태전으로 걸어갔다.

교태전에 있는 궁녀들이 그에게 인사를 해왔다.

사내는 가볍게 머리를 숙여 상궁들의 인사에 답했다.

그런 사내의 귀에 중전의 웃음소리와 세자, 왕자의 말소리가 들렸다. 이혼의 부인과 두 아들이 한자리에 있었던 것이다.

비틀려져있던 사내의 입가가 부드럽게 풀렸다.

그리고는 아무렇지 않은 얼굴로 교태전을 향해 발길을 옮겼다.

***

"요나고성을 점령해라!"

황진의 말은 1사단 장병에게 지상명령이나 다름없었다.

적은 크게 당황했다.

그들은 황진이 선공을 가해올 줄 꿈에도 몰랐다.

그들의 병력은 4만이었다.

반면, 황진의 1사단은 1만 명이었으니 계란으로 바위치기였다.

이럴 때 가장 보편적으로 사용하는 전술은 먼저 방어를 단단히 한 후에 적의 공격을 받아치며 허점을 노리는 것이었다.

한데 황진은 그런 선입견을 단숨에 깨부쉈다.

병력이 적은 쪽에서 먼저 대대적인 기습을 감행해온 것이다.

이는 별동부대로 적을 혼란하게 만들려는 작전이 아니었다.

말 그대로 세게 부딪치는 전면전이었다.

1사단 1연대는 요나고성 점령을 위해 성 북동쪽에 있던 코이데군을 기습했다. 김완의 지휘를 받은 1연대는 그 임무를 훌륭하게 수행했다. 적은 엄청난 피해를 입은 채 퇴각했다.

코이데군이 퇴각하는 바람에 요나고성 북쪽이 텅텅 비었다.

전에는 김완의 1연대만 있어 한쪽을 버려도 충분히 방어가 가능했지만 지금은 아니었다. 1사단 전체가 도착하며 단독작전이 가능해 한쪽 날개가 꺾일 경우, 요나고성이 위험했다.

코이데 요시마사는 이케다 나가요시에게 병력을 청해 북동쪽으로 같이 움직였다. 그러나 두 사람의 목적은 전혀 달랐다.

코이데 요시마사는 퇴각하는 코이데군을 수습하기 위해서였다.

반면, 이케다 나가요시는 북쪽에 쳐들어온 김완의 1연대를 다시 서쪽으로 몰아내기 위해서였다. 어쨌든 두 사람이 병력을 지휘해 북동쪽으로 급히 이동할 때였다. 갑자기 엄청난 함성소리가 들려오더니 이케다 나가요시가 자리를 비운 틈을 타, 1사단 2연대가 남동쪽 진채를 기습 점령해 버렸다.

진채를 잃은 이케다 나가요시는 깜짝 놀라 당황했다.

진채를 수복하러 가야하는지, 아니면 북동쪽으로 계속 움직여 그 자리에 있는 1연대를 쳐야하는지 몰라 당황한 것이다.

이케다 나가요시가 그 답지 않게 갈팡질팡할 무렵.

조선군 진채에 남아있던 3연대와 5연대가 섬전처럼 달려 나와 요나고성을 포위했다. 그리고 맹렬한 공성을 시작했다.

코이데 요시마사는 요나고성보다 자기 군대가 더 걱정이었다.

"그쪽엔 그대의 형님이 계시니 저희 쪽을 먼저 도와주

시지요!”

코이데 요시마사의 말에 이케다 나가요시가 고개를 끄덕였다.

코이데 요시마사의 말이 맞았던 것이다.

그의 진채와 멀지 않은 곳에 이케다 데루마사의 진채가 있었다.

“알겠소!”

대답한 이케다 나가요시는 자신의 병력을 데리고 추격당하는 코이데군을 지원하기 위해 요나고성 북동쪽으로 달려갔다.

이케다 나가요시와 김완의 1연대가 세게 맞붙는 사이.

이케다 나가요시가 철석 같이 믿었던 형 이케다 데루마사는 오히려 1사단 2연대에 막혀 이도저도 아닌 상황에 빠졌다.

병력은 이케다 데루마사 쪽이 훨씬 많았지만 진채를 방패삼아 저항해오는 2연대를 넘어서지 못했다. 진퇴양난이었다.

황진은 주변을 둘러보았다.

기습적인 선공으로 코이데군이 와해당한 상태였다.

그리고 기동전으로 이케다군을 두 개로 갈라놓은 상태였다.

황진이 말에 올라 언덕 밑으로 내려가며 고함을 질렀다.

"요나고성 점령을 서둘러라!"

황진의 명을 받은 3연대와 5연대는 가지고 있는 화기를 모두 동원해 요나고성을 공성했다. 소완구로 포격했다. 용염과 용염으로 허술한 성벽을 무너트렸다. 그리고 연폭으로 연막을 피운 다음, 각개 돌격하여 요나고성을 지키던 나카무라군의 수비 병력을 관통했다. 황진은 직접 요나고성에 달려가 독전했다. 그 힘을 받아서인지 소가마에가 뚫린 후에 산노마루, 니노마루, 그리고 혼마루가 차례로 무너졌다.

성을 지키던 나카무라 카즈타다는 천수각에 들어가 불을 질렀다. 조선군에 항복하느니 깨끗하게 자결을 택한 것이다.

뒤이어 요나고성에 입성한 황진은 1연대부터 불러들였다. 그리고 그 후에 다시 2연대를 불러들여 역으로 농성에 나섰다.

코이데 요시마사는 망연자실한 상태였다.

믿었던 부하들이 엉망진창으로 깨져, 군대라 부르기 힘든 지경이었다. 코이데 요시마사는 하는 수 없이 전열을 정비해 다시 오겠다는 핑계를 대고 먼저 영지로 돌아가 버렸다.

코이데는 도망치고 나카무라는 자결해버린 바람에 이제 호키를 방어할 병력은 하리마에서 온 이케다형제 밖에 없었다.

이케다형제는 황진의 기습에 당한 게 미치도록 분한 듯했다.

그렇지 않았다면 야간에 공성하는 무리수를 두지 않았을 것이다. 횃불을 든 이케다군 3만여 명이 일제히 공성에 나섰다.

황진이 성벽을 돌며 독려했다.

"날이 밝으면 지원군이 온다! 버텨라! 성벽을 사수해라!"

1연대 병사들은 황진의 말대로 버텼다.

그리고 성벽을 사수했다.

수천의 사상자가 발생한 이케다군은 고개를 흔들며 물러섰다.

무리한 대가를 치른 것이다.

공성에 실패한 그날 새벽.

이케다 데루마사와 이케다 나가요시형제가 말다툼을 하였다.

"퇴각해야한다. 병력이 너무 많이 상했어. 이대로는 개죽음일 뿐이야. 하리마로 퇴각해 오고쇼님의 병력을 기다려야한다."

형 이케다 데루마사의 말에 동생 이케다 나가요시가 반박했다.

"그게 무슨 말 같지도 않은 소리요. 우리가 만약 이대로 물러서면 두고 두고 웃음거리가 될 뿐이오. 형님이나, 내가 웃음거리가 되는 건 참을 수 있지만 돌아가신 아버님의 이름이 먹칠해서야 쓰겠소. 그리고 오고쇼님 얼굴은 어떻게 뵐 작정이오? 나는 쪽팔려서라도 이대로는 물러서지 못하겠소."

이케다 데루마사가 동생을 타박했다.

"자존심을 챙길 때가 아니야. 너도 정찰 갔던 닌자들에게 듣지 않았느냐? 지금 조선이 자랑하는 화포부대가 오고 있다. 화포부대가 도착하면 퇴각하고 싶어도 그럴 수가 없게 된다. 물러설 때를 아는 게 사내라 하였으니 명을 받아들여라."

팔짱을 낀 이케다 나가요시가 휙 돌아앉았다.

"나는 죽어도 못 물러나오."

"에잇!"

벌떡 일어난 이케다 데루마사가 버럭 소리쳤다.

"너 좋도록 해라. 나는 하리마 히메지성으로 퇴각할 테니까."

이케다 데루마사는 자기가 먼저 떠나버리면 겁먹은 동생이 따라올 줄 알았다. 그러나 이케다 나가요시는 고집이 대답했다. 형을 따라가는 대신에 호키에 남아 이혼을 기다렸다.

한데 이혼이 이끄는 지원 부대는 이케다 나가요시의 예

상보다 일찍 도착했다. 그리고 더 큰 문제는 요나고성을 향해 무작정 달려오지 않았다는 거였다. 미리 정찰을 통해 1사단이 요나고성을 점령했으며 요나고성 주위에는 이케다 나가요시가 지휘하는 6천 병력이 전부라는 사실 또한 알아냈다.

이혼은 2사단장 정기룡에게 지시했다.

"요나고성의 황진에게 연통을 먼저 넣으시오."

"예, 전하."

정기룡은 이혼이 시키는 대로 눈치 빠르고 몸이 날랜 전령을 선발했다. 그리고 그들보다 한 발 먼저 요나고성에 보냈다.

성에 무사히 도착한 전령이 황진에게 이혼의 지시를 전달했다.

황진은 바로 움직였다.

"5연대가 성 밖을 나가 이케다군을 교란시켜라!"

"예!"

5연대가 갑자기 성문을 열고 나와 이케다군 측면을 기습했다.

깜짝 놀란 이케다 나가요시는 급히 5연대를 막아갔다.

5연대가 이케다군의 시선을 끄는 사이.

북문을 통해 은밀히 빠져나온 1연대와 2연대가 매복을 마쳤다.

황진이 사전 작업을 마침과 동시에 도착한 이혼은 바로 명했다.

"포위해라!"

이혼의 일성(一聲)이 끝나기도 전에 병력이 사방에서 일어났다. 2사단이 서쪽에서 이케다군을 공격해갔다. 그리고 이케다군의 시선을 끌던 1사단 5연대는 크게 우회하다가 재공격을 감행했다. 이케다 나가요시는 독려하며 열심히 싸웠다. 그러나 기세, 화력, 사기, 병력 수에서 모두 불리했다.

아무리 고집 센 이케다 나가요시라도 퇴각을 생각할 때였다.

"와아!"

엄청난 함성소리가 뒤에서 들려오더니 매복해있던 1사단 1연대와 2연대가 뒤를 기습했다. 후방 창고에 있던 이케다군의 치중물자가 불에 타거나, 아니면 노획되어 사라졌다.

이케다 나가요시는 이내 이판사판 심정이 되었다.

퇴로가 막힌 데다 치중물자까지 다 잃었으니 방법이 없었다.

용맹한 돌격이 이어지다가 어느 순간 와르르 무너져 내렸다.

당연히 이케다 나가요시는 목숨을 잃었으며 그를 따라

전장에 합류했던 이케다가문의 가신과 병사들 역시 목숨을 잃었다.

호키까지 점령에 성공한 이혼은 요나고성에 입성했다.

그런 이혼을 가장 먼저 반긴 것은 1사단장 황진이었다.

"먼 길 오시느라 고생 많으셨사옵니다."

"과인보다는 그대들이 고생했지. 이번 일은 아주 잘해 주었소."

"성은이 망극하옵니다."

이혼은 황진과 김완을 포함한 1사단 장병의 노고를 치하했다.

호키에서 하루 머무른 이혼은 바로 동진에 나섰다.

다음 목표는 이나바였다.

이나바에서 영지가 가장 큰 영주는 어제 전사한 이케다 나가요시였다. 그래서 이케다 나가요시가 사라진 이나바에서 조선군을 막을 병력은 없었다. 이나바를 단숨에 통과한 이혼은 다지마에 들어가 잠시 숨을 골랐다. 숨을 고르고 싶어서 고른 것은 아니었다. 그 앞을 슨푸성에서 급히 상경한 도쿠가와 이에야스의 막부군 7만 명이 가로막았던 탓이었다.

이렇게 보면 왜국의 전략은 통한 셈이었다.

마쓰에와 교토 사이에 있는 이와미, 이즈모, 호키, 이나바에 영지가 있는 영주들이 조선군 발목을 잡는 사이 병력을 모은 도쿠가와 이에야스가 상경해 조선군을 막는 전략이었다.

이혼은 북서쪽 방향에 진채를 세웠다.

북쪽에 1사단을, 서쪽에 2사단을 배치했으며 그 뒤에 포병대대를 각각 배치해 두 사단을 뒤에서 후방 지원하도록 하였다.

반면, 도쿠가와 이에야스는 남쪽과 동쪽에 진채를 세웠다. 병력이 워낙 많아 근처의 산과 언덕에 적의 기치가 가득했다.

도쿠가와 이에야스의 명을 받고 합류한 영주들의 면면 역시 화려했다. 가가의 마에다 도시나가, 에치젠의 유키 히데야스, 오와리의 마츠다이라 다다요시 등이 포함되어 있었다.

마에다 도시나가는 정유재란 때 총대장으로 참전했다가 이혼에게 당한 마에다 도시이에의 아들이었다. 그리고 유키 히데야스와 마츠다이라 다다요시 두 명은 이에야스의 아들이었다. 아버지보다는 못하지만 능력은 괜찮은 편이라 들었다.

이혼은 진채에 있는 가장 높은 곳에 올라가 적진을 살폈다.

도쿠가와가문의 접시꽃 문양 깃발이 온 산하에 가득했다. 차남 유키 히데야스와 4남 마츠다이라 다다요시를 도쿠가와의 직계로 볼 경우, 도쿠가와가 동원한 병력만 5만이 넘었다.

도쿠가와 이에야스의 장남 마쓰다이라 노부야스는 죽은 오다 노부나가의 사위였다. 도쿠가와가문과 오다가문의 결속을 보여주는 증거였는데 그 증거는 결국 파국으로 끝나버렸다.

오다 노부나가는 자신에게는 사위이며, 도쿠가와 이에야스에게는 가독을 이을 장남이던 마쓰다이라 노부야스에게 자결하라 명했다. 도쿠가와 이에야스는 혼자 설 힘이 없던 시절이라, 자식을 죽이라는 노부나가의 명을 따를 수밖에 없었다.

장남이 자결한 이후, 차남 유키 히데야스가 도쿠가와의 가독을 이을 것 같았지만 아버지 도쿠가와 이야에스와 사이가 좋지 않았을 뿐 아니라, 도요토미 히데요시에게 인질로 가게 되는 바람에 도쿠가와가문의 가독 후계자에서 멀어졌다.

그리하여 도쿠가와가문의 후계자는 자연히 3남 도쿠가와 히데타다에게 넘어갔다. 그리고 지금은 쇼군의 위치에 있었다.

쇼군 도쿠가와 히데타다는 이혼의 양동공격에 당해 현재 큐슈에 있었다. 그곳에 있는 전라사단을 막기 위해 간 것이다.

그가 데려간 막부군이 적지 않은지라, 혼슈에 동원할 수 있는 병력은 많지 않았다. 조선군의 혼슈침공이 심상치 않다고 느낀 도쿠가와 이에야스는 가용 가능한 병력을 모두 모았다.

그 결과가 병력 7만이었다.

물론, 시간이 지나면 간토 깊숙한 곳에 있는 다테 마사무네와 모가미 요시아키, 가모 히데유키 등이 도착할 수 있었다.

그리고 그들이 데려올 병력이 최소 5만은 넘을 테니 지금 7만이지만 시간이 지나면 12만, 15만으로 불어날 수 있었다.

주지하다시피 이곳은 왜국이었다.

사방이 적으로 가득했다.

이혼은 고민했다.

그가 지금 선택할 수 있는 결정은 두 가지였다.

하나는 지금 병력으로 결전을 치르는 것이다.

현재 이혼이 가진 병력은 1사단, 2사단, 포병여단 1개 대대를 합쳐 2만5천에 불과했다. 상대 병력에 반도 미치지 못했다.

불리하지만 포병이 있으니 해볼만하다는 생각이 들었다.

두 번째 선택은 기다리는 것이다.

권율이 지금쯤 마쓰에에 있는 나머지 병력과 함께 출발했을 것이니 2, 3일 기다리면 근위군을 완성시킬 수가 있었다.

문제는 그 사이 적의 병력이 더 불어날 수 있다는 점이었다.

이혼은 황진과 정기룡을 불러 두 가지 안에 대해 설명했다.

"둘 중 어느 게 좋을 것 같소?"

황진이 먼저 대답했다.

"싸우는 게 좋을 것 같사옵니다."

"이유는?"

"적이 더 불어나기 전에 수를 줄여놓아야 나중에 이길 수가 있사옵니다. 이대로 적이 더 불어나면 아무리 근위군의 전력이 뛰어나다고 해도 그리 쉽지 않을 거라 사료되옵니다."

고개를 끄덕인 이혼이 고개를 돌려 정기룡에게 물었다.

"그대는 어찌 생각하오?"

황진을 힐끔 본 정기룡이 차분한 어조로 대답했다.

"신은 황진장군과 의견이 다르옵니다."

"그럼 장군은 기다리자는 쪽이오?"

"그렇사옵니다."

"이유가 무엇이오?"

"소장은 근위군이 화력만 제대로 갖춘다면 적의 숫자에 상관없이 승산이 충분하다고 생각하옵니다. 그러나 화력이 부족한 가운데 섣불리 싸움을 걸었다가 회복 불가능한 상처를 입는다면 이번 원정 자체가 실패로 돌아갈지도 모르옵니다."

두 장수의 의견을 청취한 이혼은 일어나서 왜국 지도를 보았다.

"흐음."

말없이 지도를 응시하던 이혼이 한참만에야 고개를 끄덕였다.

"결정했소."

그 말에 황진과 정기룡이 동시에 이혼을 쳐다보았다.

"두 개의 작전을 골고루 섞어 사용할 생각이오."

이혼은 황진에게 먼저 명을 내렸다.

"날이 저물면 별동대를 우회시켜 적을 기습하시오. 깊숙이 들어가면 오히려 포위당할 위험이 있으니 외곽이 좋을 것이오. 야간기습에 대한 작전은 황장군에게 일임하도록 하겠소."

"영광이옵니다, 전하."

황진의 대답을 들은 이혼이 고개를 돌려 정기룡을 응시했다.

"정장군은 진채를 단단히 지키며 적의 야간기습에 대

비하시오.”

이혼의 명을 받은 정기룡이 군례를 올렸다.

“명을 받들겠사옵니다.”

이혼은 다시 자리에 앉아 두 장수에게 말했다.

“이번 전투야말로 우리 근위군의 진정한 시험무대일 것이오. 만약, 이긴다면 호랑이에 날개를 단 셈일 것이고 패한다면 지금까지 해온 모든 노력이 물거품으로 돌아갈 것이오.”

이혼의 당부를 끝으로 회의는 끝났다.

다행히 도쿠가와 이에야스는 선공을 취하지 않았다.

그가 조선군의 전력을 과대평가한 것인지, 아니면 신중한 것인지 알 수 없었으나 시간을 번 것은 그나마 다행이었다.

그 날 저녁 황진의 1사단이 주둔지를 몰래 빠져나왔다.

적의 닌자들이 진채 주위에 쫙 깔려있는지라, 조심스레 움직였다. 일단, 중대별로 은밀히 흩어져 진채 북쪽에 집결했다.

한여름이어서 그런지 해가 완전히 지는데 시간이 꽤 걸렸다.

황진은 조용히 기다렸다.

본인 성격과 맞지 않는 일이긴 하지만 지금은 기다릴 때였다.

날이 완전히 어두워지길 기다린 황진이 자리를 털고 일어났다.

"가자."

황진은 1사단 2개 연대 병력과 함께 진채를 우회했다.

빛이 반사될 위험이 있는 물건에는 미리 검은 재를 칠했다.

그리고 군화소리가 들리지 않도록 신발 밑창에 천을 깔았다.

물론, 기도비닉을 위해서였다.

"행군 중에 큰 소리를 내는 놈은 엄벌에 처하겠다."

황진의 명에 병사들은 잔뜩 긴장한 상태로 야간행군을 하였다.

노출되는 것을 피하기 위해 숲에서 숲으로 이동한 황진은 마침내 목적했던 곳에 도착해 진형을 갖췄다. 그가 노리는 목표는 유키 히데야스의 좌측 진채였다. 조선군 쪽에서 보면 좌측 끝에 있는 적의 진채였고 왜군 쪽에서 보면 우측 끝에 있는 진채였다. 황진은 적의 경계상태를 살펴보았다.

경계가 삼엄하진 않았다.

황진은 연대장 두 명을 불러 지시했다.

"1연대는 이곳 계곡 주위에 매복해라. 그리고 3연대는 나와 함께 적을 유인하러 가자. 분명 자신감에 차있을 테니 붕어처럼 딸려 나올 것이다. 단, 깊숙이 들어가서는 안 된다."

연대장 두 명이 동시에 고개를 끄덕였다.

명을 내린 황진은 부하들의 준비상태를 점검한 후에 손짓했다.

"3연대 진격."

황진의 명에 따라 3연대가 야트막한 언덕을 올라갔다.

풀과 나무를 지나 언덕 정상에 도착하니 적의 진채가 보였다.

"이곳에 용염을 설치해라."

"예."

황진의 명을 받은 3연대장이 병력을 지휘해 함정을 설치했다.

"폭파병을 남겨두고 나머진 날 따라와라."

황진은 앞장서서 적의 진채로 접근했다.

달이 마침 구름 속에 들어가 사위가 어둑했다.

"죽폭에 불을 붙여 일제히 던지고 용아로 사격해라."

황진의 명이 3연대장을 통해 바로 전달되었다.

이때쯤에는 적도 무언가 심상치 않다는 것을 눈치 챘다.

죽폭에 불이 붙어 번쩍거리는 모습을 보고 이상하지 않다고 생각하면 그게 더 이상할 것이다. 그러나 기습의 묘는 아직 살아있었다. 황진의 손짓에 죽폭 수백 개가 날아갔다.

콰콰콰쾅!

어린 아이가 아닌 이상, 2미터 높이의 목책 위로 죽폭을 던져 넣는 일은 그리 어렵지 않았다. 물론, 몇 개는 목책 앞에서 터졌지만 대부분의 죽폭은 목책을 넘어 그 뒤에 떨어졌다.

힘이 좋은 이들이 던진 죽폭은 그보다 멀리 날아갔다.

군막에 불이 붙었는지 몸에 불이 붙은 적들이 비명을 질렀다.

쿵쿵쿵!

목책의 문이 열리는 소리가 곳곳에서 들려왔다.

벌집을 건드리는 바람에 벌들이 출격대기에 들어간 것이다.

황진은 최대한 기다렸다.

그래야 적을 끌어들일 수 있었다.

적이 눈치 채기 전에 도망쳐버리면, 저쪽에서 먼저 포기할 가능성이 있었다. 위험하지만 이쪽을 최대한 보여줘야 했다.

유키 히데야스의 기병 천여 기가 먼저 달려 나왔다.

황진의 병력은 보병이라 금방 따라잡힐 거처럼 보였다.

그러나 실제론 아니었다.

이곳은 평지가 아니었다.

나무로 둘러싸인 숲의 정상이었다.

오히려 기병이 활동하기 어려운 곳이었다.

그리고 황진에게는 적을 따돌릴 좋은 방법이 하나 더 있었다.

바로 연폭이었다.

황진의 지시를 받은 병사들이 연폭에 불을 붙여 앞으로 굴렸다.

수백 개의 연폭이 한꺼번에 연기를 뿜어낸 덕분에 기병의 추격을 가볍게 따돌렸다. 황진은 노련했다. 벌써 세 번째 전쟁이었다. 세 번째 전쟁을 치르는 동안, 심지어 거의 항상 앞장서던 그가 죽지 않고 살아남은 것은 대단한 일이었다.

그리고 그런 그에게는 세 차례의 전쟁을 치르며 쌓은 엄청난 경험이 있었다. 이런 경험들은 말로 설명해도 알아들을 수 없는 것이고 글로 풀어줘도 이해하기 어려운 것이다. 그 묘한 차이는 직접 경험하지 않으면 이해하기 어려웠다.

"숲으로 가라!"

황진의 지시에 병사들은 나무가 빽빽한 장소로 달렸다.

적의 기병은 그런 병사들을 쫓기 위해 숲으로 말을 몰았다.

그러나 나무가 번번이 진로를 가로막아 속도가 빠르지 못했다.

황진은 전체 병력을 멈춰 세우며 소리쳤다.

"지금이다! 죽폭을 던져라!"

황진의 명령을 받은 병사들이 다시 한 번 죽폭을 던졌다. 이번 죽폭은 숲에 떨어진 죽폭이었다. 곧 화광이 충천했다.

1사단 병력을 쫓아오던 적 기병이 화염 속에 갇혀 죽어갔다.

황진은 잠시 기다렸다.

기병은 화염에 갇혀 오도 가도 못했지만 적 보병은 아니었다.

불이 난 곳을 우회해 황진의 병력을 쫓아왔다.

이번에는 숫자가 많았다.

거의 1만에 육박했다.

유키 히데야스가 직접 나선 게 분명했다.

황진은 유키 히데야스를 용염이 있는 곳으로 유인했다.

"불을 붙여!"

황진의 외침에 대기하던 폭파병이 용염 도화선에 불을 붙였다.

치이익!

불 뱀이 다시 한 번 왜국의 땅을 가르기 시작했다.

퍼엉!

고막이 찢어질 것 같은 폭음이 잇달아 울렸다.

그리고 용염이 연달아 폭발하며 생긴 화염과 충격은 용염지대에 들어선 적군을 무지막지한 속도로 잡아먹기 시작했다.

아름드리나무가 터지며 그 밑을 지나던 적군을 덮쳤다.

비명소리와 고함소리가 뒤섞여 들려왔다.

황진은 퇴각해 숲을 나왔다.

그리곤 촉각을 다시 곤두세웠다.

용염에 당한 적은 당황한 듯 사방을 닥치는 대로 들쑤셨다.

그러나 황진이 있는 쪽으로는 올 생각이 없는 듯했다.

본능적인 두려움일 것이다.

"하는 수 없지."

황진은 3연대 병력을 다시 보내 적을 유인했다.

용아로 쏘고 죽폭을 던지니 적은 잔뜩 약이 올라 쫓아왔다.

적 입장에서 3연대 병력은 한주먹거리도 되지 않았다.

한데 그런 한주먹거리에게 한 번도 아니고 두세 번 연속해 당하니 업화(業火)가 그야말로 3천장은 치솟을 지경이었다.

황진은 적을 유린하며 계속 끌어들였다.

그야말로 경험으로 만들어낸 완벽한 유인작전이었다.

원하던 곳에 도착했음을 안 황진은 바로 돌아서 외쳤다.

"전원 반격하라!"

그 말에 도망치던 3연대 병사들이 돌아서서 용아를 발사했다.

용아의 총성이 밤하늘을 가를 때마다 적이 쓰러졌다.

용아의 총구에서 번쩍이는 화염은 적에게 사형선고와 같았다.

적은 용아에 당하면서도 끈질기게 접근을 시도했다.

병력이 워낙 많은지라, 그 작전이 잘 먹혀들 가능성도 있었다.

결국, 전투는 끝까지 서있는 쪽이 이기는 것이다.

적이 3연대를 조총 사거리 안에 두었을 때였다.

유키 히데야스가 총공격을 명하려는데 황진이 한발 빨랐다.

"1연대 공격해라!"

황진의 명을 들은 김완이 엎드려있던 갈대숲에 벌떡 일어났다.

"1연대 돌격!"

소리친 김완은 가장 먼저 언덕을 달려 내려갔다.

경사가 제법 있어 거의 미끄러져 내려가는 것과 다름없었다.

바닥에 도착한 김완은 당황한 적의 측면을 기습했다.

용아로 쏘고 죽폭을 던졌다.

적의 진형이 크게 무너졌다.

황진은 적이 퇴각할 때까지 맹공격을 가했다.

용아의 총성이 조총의 총성을 압도했다.

그야말로 완벽한 유인계와 매복, 그리고 기습이었다.

2장. 복수(復讎)

NEO ALTERNATIVE HISTORY FICTION

2장. 복수(復讎)

황진의 눈이 고양이처럼 반짝였다.

마치 밤 고양이가 쥐를 사냥하듯 주변을 빠르게 훑었다.

지휘관이 갖춰야할 덕목 중에 가장 중요한 것을 꼽으라면 역시 전투를 보는 눈이었다. 인간이 새처럼 하늘을 날지 못하는 이상, 돌아가는 상황을 평면적으로 볼 수밖에 없었다.

한데 평면적인 내용을 가지고 입체적으로 파악이 가능한 사람이 더러 있었다. 그리고 그런 사람이 지휘관일 때는 그야말로 다른 지휘관과 궤를 달리하는 능력을 보여주기 마련이었다. 다행히 황진은 그런 능력의 소유자 중 하나였다.

황진의 눈에 북동쪽 전황이 들어왔다.

1연대가 기습한 적의 측면이었다.

3연대가 공격하던 정면의 적들은 물러서기 바빴다.

한데 1연대가 기습한 곳은 처음에만 당황해 우왕좌왕했을 뿐, 시간이 지나면 지날수록 빠른 속도로 제 모습을 찾아갔다.

"무언가 있군."

황진은 그쪽으로 달려가 자세히 관찰했다.

그의 예측은 맞았다.

북동쪽에는 화려한 깃발을 든 적들이 한데 모여 있었다. 그리고 그들은 말을 탄 사무라이를 호위하느라 여념이 없었다.

호위를 받는 사무라이 한 명이 유독 눈에 띄었다. 그는 특이하게도 날개가 달린 투구를 썼으며 몸통갑옷과 어깨 갑옷에는 문양이 화려했다. 신분이 범상치 않은 자가 틀림없었다.

황진은 즉시 지휘봉으로 그 사무라이를 지목했다.

"저 자가 적장이다!"

그 말을 들었는지 1연대장 김완이 냉큼 소리쳤다.

"모두 나를 따라와라!"

김완은 앞장서 달려가며 손에 쥔 칼을 휘둘렀다.

앞을 막아서던 하타모토 하나가 팔이 잘려 쓰러졌다.

자연히 하타모토가 들고 있던 도쿠가와가문의 접시꽃

깃발도 땅에 떨어졌다. 하얀 깃발이 금세 발자국으로 더러워졌다.

탕탕탕!

김완 옆으로 달려온 부하들이 용아를 쏘았다.

총성에는 익숙해졌다고 생각했는데 아닌 모양이었다.

귀가 먹먹해지며 잠시 아무 소리도 들리지 않았다.

그러나 멈출 수는 없었다.

김완은 계속 달려가며 고래고래 소리를 질렀다.

"쳐라!"

부하들이 하타모토부대가 만든 인의 장막에 죽폭을 던졌다.

콰콰쾅!

폭음이 울리며 하타모토부대 사이에 길이 뚫렸다.

김완은 그쪽으로 부하들을 들여보냈다.

치열한 백병전이 전개되었다.

막으려는 적과 이를 뚫어내려는 조선군 사이에 피가 튀었다.

"용두를 써라!"

김완의 외침에 병사들이 달려가 용두를 발사했다.

펑펑펑!

산탄총역할을 하는 용두가 불을 뿜자 적들이 나동그라졌다.

하타모토부대가 뚫리는 모습을 본 적장은 급히 기수를 돌렸다. 사세가 부득이함을 알고 눈치 빠르게 도망치려는 것이다.

"말을 탄 놈을 노려라!"

김완은 집요했다.

절대 놓칠 수 없다는 듯 병력을 계속 투입시켰다.

적 한가운데를 뚫고 들어간 김완이 손짓하는 순간.

탕탕탕!

용아가 다시 한 번 탄환을 쏟아냈다.

그리고 그 중에 한 발은 도망치던 적장의 어깨에 명중했다.

그러나 말에서 떨어트리는 데는 실패했다.

떨어지면 죽는 다는 것을 알기에 필사적으로 버텼을 것이다.

말을 탄 적장이 점점 멀어져갔다.

보병으로 이뤄진 1연대가 쫓아가기 힘든 속도였다.

김완의 눈이 옆으로 획 돌아갔다.

급히 누군가를 찾던 그의 눈이 어느 순간, 기쁨으로 물들었다.

찾던 장교를 발견한 것이리라.

"죽폭을 던져서 저 놈의 말을 놀래켜라!"

"예!"

연대 참모 중 한 명이 대답하더니 앞으로 달려갔다.

그리곤 죽폭에 불을 붙여 있는 힘껏 던졌다.

참모는 덩치가 대단했다.

다른 사람들과 같이 서있으면 머리 하나가 더 컸고 팔뚝은 웬만한 처녀의 허벅지보다 굵었다. 그런 사람이 전력을 다해 던진 죽폭은 위력이 대단해 밤하늘을 번개처럼 갈랐다.

펑!

죽폭이 떨어지는 순간, 그 옆을 지나던 말이 놀라 쓰러졌다.

말은 겁이 많은 동물이었다.

뒤에서 소리만 질러도 태우고 있던 기수를 떨어트렸다.

"으악!"

바닥에 떨어진 적장은 말에 제대로 깔렸는지 비명을 질렀다.

급히 달려간 김완이 부하들에게 지시했다.

"말을 끌어내라."

"예!"

대답한 부하들이 달려가 옆으로 누워있던 말을 치웠다.

파편에 맞아 피를 흘리고 있었지만 치명상은 아니었다.

말고삐를 잡아 끌어당기니 말이 펄쩍 뛰며 일어섰다.

그러나 그 밑에 깔려있던 적장은 상태가 그리 좋지 않았다.

수백 킬로그램이 넘는 말에 깔리는 바람에 머리에 충격이 갔는지 시름시름 앓다가 이내 절명했다. 김완은 적장의 수급을 베어갈까 하는 생각도 잠시 들었으니 이내 고개를 저었다.

이혼은 시신 훼손을 싫어했다.

그게 적이라도 마찬가지였다.

"퇴각!"

김완은 다시 전선으로 복귀해 3연대와 합류했다.

적은 완강히 저항하는가싶더니 어느 순간, 썰물처럼 빠져나갔다. 김완이 노린 적장이 생각보다 거물인 듯했다. 그렇지 않고서야 적에게 자기 등을 내보인 채 도망갈 리 없었다.

황진은 적당히 추격하다가 돌아왔다.

황진의 1사단이 생각보다 큰 전공을 거두고 원래 진채에 도착했을 때 김완이 죽인 적장의 정체가 조선군에 전해졌다.

바로 도쿠가와 이에야스의 차남 유키 히데야스였다.

당연히 왜군 수뇌부는 발칵 뒤집혔다.

오고쇼 도쿠가와 이에야스의 차남임과 동시에 쇼군 도쿠가와 히데타다의 형이 죽어버린 것이다. 유키 히데야스의 복수를 해야 한다는 여론이 왜군 사이에 들불처럼 일어났다.

정작 히데야스의 부친인 도쿠가와 이에야스는 복수에 뜻이 없었지만 그 밑에 있는 사람들은 아니었다. 특히, 도쿠가와 이에야스의 4남 마쓰다이라 다다요시가 가장 분개했다.

마쓰다이라 다다요시는 복수를 위해 자신의 오와리병력을 동원했다. 사실, 그와 유키 히데야스는 접점이 별로 없었다.

모친이 다를 뿐 아니라, 도쿠가와 내실의 복잡한 문제로 인해 유키 히데야스는 어렸을 때부터 가족과 같이 살지 못했다.

반면, 쇼군 도쿠가와 히데타다와 같은 모친을 둔 마쓰다이라 다다요시는 도쿠가와 이에야스의 총애를 받으며 성장했다.

이렇듯 두 형제 사이에는 접점도 없고 왕래도 거의 없는 편이었지만 도쿠가와가문의 직계 자손이 적에게 죽었다는 사실에 분개해 자신이 데려온 오와리의 정병 5천을 동원했다.

이 사실은 마쓰다이라군을 감독하던 군감(軍監)에 의해 곧장 도쿠가와 이에야스 귀에 들어갔다. 그러나 도쿠가와 이에야스는 별다른 의사표명을 하지 않았다. 자식 일에 적극적으로 나설 수 없어 마쓰다이라 다다요시를 이용하려는 건지, 아니면 다른 뜻이 있어 그러는 것인지 알기가 어려웠다.

특수한 상황에서는 침묵이 곧 동의로 해석될 여지가 있었다.

아버지 도쿠가와 이에야스에게 무언의 허락을 받았다고 짐작한 마쓰다이라 다다요시는 곧장 2사단 진채로 공격해 갔다.

형을 위한 복수전이었다.

정기룡은 이미 이혼의 밀명을 받고 경계를 강화해둔 터인지라, 수색을 통해 적의 야습이 있을 거란 것을 알고 있었다.

더구나 황진이 유키 히데야스를 죽였다는 소식을 들은 후에는 경계에 만전을 기했다. 적이 복수할 것임을 안 것이다.

전투경험이 많은 사람이라면 이런 식의 복수가 위험하다는 것을 알았다. 그러나 기계가 아니라, 사람이 하는 전쟁이기에 이런 일이 일어날 수 있었다. 자신의 형이, 자신의 아버지가, 자기 자식이 죽었다면 누구든 복수에 나설 것이다.

밤이 채 지나기도 전에 두 번째 전투가 벌어졌다.

2사단 진채에 접근한 마쓰다이라 다다요시가 공격을 명했다.

"와아아아!"

이미 기습이고 뭐고 없었다.

함성을 지른 적이 2사단이 급히 세운 목책으로 진격해 갔다.

정기룡은 저녁부터 밤까지 병사들을 동원해 목책을 만들었다.

평범한 목책은 아니었다.

기병을 막기 위한 말뚝을 세우고 그 뒤에 2미터짜리 나무를 박아 만든 두꺼운 목책이었다. 마쓰다이라 다다요시는 기병을 먼저 내보냈지만 기병용 말뚝에 막혀 힘을 쓰지 못했다.

적 기병은 목책을 넘기 위해 계속 공격을 시도했지만 기병용 말뚝에 막혀 쓰러지거나, 아니면 용아에 당해 쓰러졌다.

수십 기의 기병이 삽시간에 죽어나갔다.

마치 횃불을 향해 뛰어드는 불나방 같았다.

뿌우우!

적 진영에서 뿔피리 소리가 들려왔다.

퇴각신호였다.

목책 앞에서 방황하던 적 기병부대가 재빨리 퇴각한 것이다.

그리고 기병이 떠난 자리에, 적 보병이 대신 들어왔다.

보병은 기병처럼 막무가내는 아니었다.

대나무방패를 세워 용아의 탄환을 막았다.

조금씩 거리를 좁히다가 조총 사거리에 드는 순간.

적의 조총병이 방패 뒤에 숨어 조총을 쏘기 시작했다.

용아와 조총의 총성이 한데 뒤섞여 들려왔다.

정기룡은 대나무방패를 앞세워 진격하는 적 보병을 발견했다.

"돌파할 생각이군."

결정을 내린 정기룡은 기병용 말뚝 사이에 용염을 설치했다.

그런 다음, 부하들에게 명했다.

"놈들이 접근할 수 있도록 공간을 내어줘라!"

"예!"

정기룡의 지시를 받은 장교들은 용아사격을 잠시 멈추었다.

적은 자신들이 화력전에서 이겼다고 판단했는지 목책을 향해 빠르게 접근해왔다. 진채 앞에 도착하는 순간, 방패 뒤에서 나와 기병용 말뚝을 향해 달려들기 시작했다. 휴대용 사다리로 기병용 말뚝을 무력화시킨 적은 마침내 목책 앞에 이르렀다. 적은 밧줄이 달린 갈고리를 목책 위에 던졌다.

그리고 밧줄의 갈고리가 목책 밑단에 걸리는 순간.

밧줄을 사다리 삼아 기어오르기 시작했다.

또, 목책에 올가미처럼 밧줄을 건 다음, 군마와 연결시켰다.

그리곤 군마를 채찍질해 목책을 무너트리려하였다.

야전에서 흔히 사용하는 목책 파괴방법이었다.

정기룡은 자신을 쳐다보는 부하 장교들에게 고개를 저었다.

아직 아니라는 뜻이었다.

오히려 정기룡은 일시 후퇴를 명했다.

목책 뒤에 숨어 적을 노리던 2사단 병사들이 뒤로 퇴각했다.

이제 목책은 주인이 없는, 그야말로 무주공산이었다.

갈고리가 달린 밧줄을 이용해 목책을 넘은 적 보병이 쏟아져 들어왔다. 마치 둑이 무너진 제방 같았다. 수십이던 적이 금세 수백으로 늘었다. 그리고 수는 곧 1천으로 늘어났다.

"지금이다!"

정기룡의 외침에 대기하던 병사들이 도화선에 불을 붙였다.

치이익!

타들어가던 도화선이 어느 순간, 용염에 있는 신관에 닿았다.

콰아앙!

폭음이 일며 목책이 터져나갔다.

그야말로 폭발이었다.

용염의 폭발력을 이기지 못한 목책이 수십 조각으로 쪼개졌다.

마치 용두를 쏜 효과 같았다.

유산탄(榴霰彈)처럼 나무 파편 수천 개가 사방으로 비산했다.

"크아아악!"

"으아악!"

적의 비명소리가 조총소리를 잡아먹었다.

눈에 나무파편이 박힌 적이 비명을 지르며 사방을 기어다녔다.

2사단은 힘들게 쌓은 목책을 잃었지만 적 보병부대에 엄청난 피해를 입혔다. 정기룡은 적을 봐주는 법이 절대 없었다.

"반격하라!"

정기룡의 외침에 엎드려있던 병사들이 일어나 달려갔다.

용아를 쏘고 죽폭을 던졌다. 그리고 연폭을 굴리니 사방에 연기가 가득했다. 그 틈에 부서진 목책에 접근한 2사단 병사들은 착검한 용아로 부상당한 적의 숨통을 완전히 끊었다.

"목책 밖으로 몰아내라!"

정기룡은 직접 전선에 나와 호령했다.

병사들은 쓰러진 적의 가슴과 등에 총검을 찔러갔다.

그리고 겁에 질려 목책을 다시 넘어가는 적에겐 용아를 쐈다.

용아의 총성이 연속해 울렸다. 적들의 피가 부서진 목책을 붉게 물들였다. 마치 그 일대 전체에 피의 비가 내린 듯했다.

2사단은 도망치는 적을 끝까지 공격해 쓰러트렸다.

적은 몇 차례 더 공격에 나섰다.

2사단 스스로가 목책을 부수는 바람에 적의 기병부대가 다시 등장했다. 처음에는 기병용 말뚝에 패했지만 그들을 가로막을 게 없는 지금이야말로 기병의 위력을 보여줄 때였다.

적 기병이 다시 한 번 말발굽소리를 내며 돌격해 들어왔다.

정기룡의 외침이 전선을 갈랐다.

"침착해라! 죽폭을 이용하면 충분히 상대할 수 있다!"

2사단 병사들은 정기룡의 말을 지상명령으로 여겼다.

그 동안 정기룡을 따라다니며 그의 능력을 직접 본 것이다.

전장에서의 실패는 곧 죽음을 의미했다.

이 세상에 삶과 죽음만큼 큰 분기점이 없다는 것을 생각해볼 때, 그야말로 본능에 따라 살길을 먼저 찾기 마련이었다.

그런 점에서 정기룡은 살길을 안내해주는 사람이었다.

정기룡의 말을 따르면 살고, 따르지 않으면 죽는 것이다.

병사들은 정기룡의 지시대로 죽폭에 불을 붙인 채 기다렸다.

두두두두!

군마의 육중한 동체가 서서히 터오는 햇빛을 받아 핏빛으로 물들었다. 마치 지옥문 속에서 악마들이 강림하는 듯했다.

정기룡은 눈을 찌르는 햇살을 받으며 신장(神將)처럼 서 있었다. 잠시 두려움을 느꼈던 병사들은 그 흔들림 없는 모습에 다시 믿음을 보냈다. 정기룡이 괜찮다면 괜찮은 것이리라.

적 기병과의 거리가 빠르게 줄어들었다.

100미터, 50미터, 30미터.

그야말로 바람처럼 빨랐다.

말이 얼마나 빠른지는 직접 보지 않곤 알기 어려웠다.

마침내 적 기병과의 거리가 10미터로 줄어들었다.

"죽폭을 던져라!"

정기룡의 외침을 연대장이 복창했다.

그리고 대대장과 중대장, 소대장이 따라했다.

죽폭이란 단어가 마치 메아리처럼 전장에 울려 퍼졌다.

병사들은 불을 붙인 죽폭을 본능적으로 던졌다.

수백 개의 죽폭이 빙글빙글 돌며 적 기병에게 날아갔다.

몇 개는 앞에 몇 개는 뒤에 떨어졌다.

그리고 대부분은 적 기병 머리 위에 떨어졌다.

퍼퍼펑!

엄청난 폭음이 연달아 울리며 적 기병이 허물어졌다.

기병은 멀쩡하더라도 군마는 그렇지 않았다.

마갑을 아무리 잘 씌워놓았다고 해도 피해가 없을 수 없었다.

무릎을 꿇은 군마가 기수를 바닥에 떨어트렸다.

바닥에 떨어진 기수는 두 가지 운명을 맞았다.

아군 기병에게 밟혀죽거나, 아니면 조선군이 발사한 용아 탄환에 맞아 죽었다. 적 기병은 진채 바로 앞에서 멈춰버렸다.

멈춘 기병은 전혀 위협적이지 않았다.

"투입하라!"

정기룡의 명령에 대기하던 화기지원중대 병사들이 숨겨두었던 무기를 꺼냈다. 바로 화차였다. 화차 10여 대가 목책이 무너진 곳으로 재빨리 이동해 베일에 싸인 모습을 드러냈다.

화차 역시 이혼의 손길이 닿은 무기였다.

화력이 전과 비교하기 힘들 정도로 좋아져있었다.

화기지원중대장이 수신호에 포수가 도화선에 횃불을 대었다.

치익!

도화선 타는 소리가 짧게 울린 후.

탕탕탕탕!

산탄을 넣어둔 화차가 미친 듯이 불을 뿜기 시작했다.

마치 용두 40정을 묶은 다음, 한 발씩 돌아가며 쏘는 듯했다.

화차 10여 대가 교차사격을 가하니 멈춰 있던 적 기병이 녹아내렸다. 화차가 쏟아내는 작은 쇠구슬은 말과 사람을 가리지 않았다. 위력은 용아의 탄환보다 약하지만 화력이 미치는 범위는 비할 수 없이 넓었다. 그야말로 탄환세례였다.

화차 10여 대가 사격을 마쳤을 때 살아있는 기병은 없었다.

완벽한 화력제압이었다.

유키 히데야스의 복수를 위해 시작했던 마쓰다이라 다다요시의 전투는 참패로 끝났다. 도쿠가와막부의 직계 자손들이 연전연패를 거듭한 것이다. 적의 사기가 급격히 떨어졌다.

그제야 도쿠가와 이에야스는 심각성을 깨달은 듯했다.

조선군의 병력이 적은 것을 본 그는 오히려 전라사단을 상대하고 있는 아들 도쿠가와 히데타다를 걱정했다. 도쿠가와가문의 운명을 갈랐던 세키가하라합전에서 도쿠가와 히데타다는 동군의 일익을 담당하기 위해 급히 서진하던 도중, 중간에 위치한 사나다가문의 우에다성에서 발목이 잡혔다.

사실, 도쿠가와 히데타다는 우에다성을 굳이 공성할 필요가 없었다. 아버지 도쿠가와 이에야스의 지시대로 빨리 전장에 합류해 서군에 비해 병력이 부족한 아버지를 도와야했다.

한데 굳이 공을 세우겠다고 우에다성 성주 사나다 마사유키의 도발에 넘어가 우에다성에서 시간을 잡아먹었던 것이다.

병력이 부족한 도쿠가와 이에야스는 모략을 써서 적을 분열시켰다. 그리고 그 덕분에 세키가하라에서 승리를 거뒀다.

아들이 데려간 4만 가까운 병력이 제때 도착하지 않았음에도 승리한 것이다. 그러나 도쿠가와 이에야스는 쓸데없는 데 시간을 잡아먹은 도쿠가와 히데타다에게 크게 실망했다.

심지어 만나보지조차 않으려했지만 중신의 간곡한 설득

에 용서하고 넘어갔다. 쇼군 지위를 아들 히데타다에게 물려주고 자신은 오고쇼로 물러난 상태였지만 여전히 후계자가 미덥지 않은 도쿠가와 이에야스는 걱정을 떨칠 수가 없었다.

한데 정작 걱정해야할 것은 아들이 아니라, 자신이었다.

아들보다 그가 먼저 죽게 생긴 것이다.

그러나 도쿠가와 이에야스는 마쓰다이라 다다요시처럼 성급하지 않았다. 실책을 만회하기 위해 욕심을 부리면 더 몰리기 마련이었다. 전투를 치른 경험이 왜국과 조선을 통틀어 가장 많은 사람 중에 하나가 바로 도쿠가와 이에야스였다.

도쿠가와 이에야스는 간토에 사자를 보내 다테 마사무네와 가모 히데유키, 모가미 요시아키에게 서두르라 지시했다.

이 세 명의 영주가 데려올 병력은 최소 5만, 많게는 7만이었다.

7만이라면 적의 지원군이 얼마든 포위해 말려죽일 수 있었다.

도쿠가와 이에야스는 자신이 가진 장점과 단점을 파악했다.

우선 단점은 화력에서 밀린다는 점이었다.

이는 임진왜란, 정유재란, 그리고 큐슈를 침공한 조선군 별동대와 이곳 혼슈에 상륙한 조선군 본대를 통해 이미 경험했다.

한데 문제는 화력의 차이를 계산하기 어렵다는 점이었다. 상대보다 1만 명이 많으면 극복이 가능한지, 아니면 최소 5만 명이 더 많아야 극복이 가능한지 가늠하기가 어려웠다.

이런 상황에서 전면전은 무리였다.

아들 두 명 중에 한 명은 전사하고 한 명은 대패했다.

아버지로서, 주군으로서 슬프고 화가 나고 마음이 쓰라렸다.

그러나 얻은 게 전혀 없지는 않았다.

조선군의 화력은 여전히 강했다. 그는 적의 숫자가 적은 것을 보고 경시해 맞서다가는 본전도 찾기 어렵다는 것을 깨닫게 되었다. 그 말은 그가 직접 나서도 어렵다는 의미였다.

그렇다면 장점을 극대화할 수밖에 없었다.

그가 가진 장점은 이곳이 그들의 영역이라는 점이었다.

사방에 그의 부하들이 영지를 소유하고 있었다.

즉, 사방을 포위해 조선군을 이 지역에 묶어둘 수 있는 것이다. 그리고 보급로를 끊을 경우, 굶겨 죽이는 게 가능했다.

조선군이 임진왜란 때 그들을 상대로 했던 전법이었다.

도쿠가와 이에야스는 너구리라 불리는 자였다.

교활했다.

단점과 장점이 있다면 철저히 장점만 파는 자였다.

그게 지금의 도쿠가와 이에야스를 만든 원동력이었다.

도쿠가와 이에야스는 철저히 지공을 택했다.

그리고 다지마 근처에 있는 주코쿠영주들을 전부 소환했다.

주코쿠는 현재 두 쪽으로 나뉘어있었다.

주코쿠 서쪽에 영지가 있는 영주들, 이를 테면 모리, 고바야카와, 깃카와 등 범 모리가문은 큐슈지역에 지원 나가 있었다.

그리고 주코쿠 동쪽에 영지가 있는 영주들, 이를 테면 이케다 데루마사, 모리 타다마사 등은 마쓰에에 상륙한 조선군을 막으려다가 피해를 입어 자기 영지로 복귀한 상황이었다.

도쿠가와 이에야스는 이케다 데루마사, 모리 타다마사에게 조선군 후방, 특히 상륙거점인 마쓰에를 반드시 탈환하라 명했다. 만약, 이를 수행하지 못하면 각오해야한다고 전했다.

또, 혼슈 중남부 해안에 있는 수군을 모두 집결시켜 마쓰에항을 장악한 조선 수군을 포위하라 지시했다. 맞상대는 하지 못하겠지만 포위한 다음, 가두어둘 수는 있을 것이다.

도쿠가와 이에야스의 대포위전략(大包圍戰略)은 빈틈이 없었다.

짧은 시간에 짜낸 전략치곤 완성도가 아주 높았다.

도쿠가와 이에야스의 능력이 범상치 않다는 증거일 것이다.

한편, 이혼은 가용가능한 모든 정보자산을 동원해 왜군의 의중을 파악하려 애썼다. 그 결과, 도쿠가와 이에야스가 무슨 생각을 가지고 있는지 알게 되었다. 도쿠가와 이에야스는 혼슈에 침입한 조선군을 포위해 말려 죽이려는 게 분명했다.

왜국은 완연한 여름에 접어든 상태였다.

왜국은 여름에 기온이 엄청나게 올라갔다.

단순히 기온만 올라간다면 괜찮은데 문제는 습도였다.

왜국이 섬이다보니 습도가 엄청나게 높았다.

더욱이 이곳 다지마는 해안을 끼고 있는 지역이었다.

습도가 심해 조금만 걸어도 땀이 비 오듯 쏟아졌다.

이런 날 밖에 나와 격렬하게 움직이는 것은 위험했다. 수분보충과 염분보충을 해주지 않으면 죽을 가능성도 존재했다.

이혼은 결국 낮 공격을 포기했다.

적의 의도에 부합하는 행동이긴 하지만 다른 방법이 없었다.

이혼은 그 대신 밤에 움직이는 쪽을 택했다.

밤에는 일사광선이 적어 괜찮았다.

"이번에는 1사단이 지키고 2사단이 기습하시오."

이혼은 어제와 반대로 움직이라 명했다.

그러나 결과 역시 어제와 반대였다.

적은 굴속에 들어간 너구리처럼 움직임이 일절 없었다.

정기룡이 꽤 깊숙이 들어가 도발했음에도 대응하지 않았다.

또, 조선군 진채를 기습하는 일도 없었다.

그저 조선군이 교토로 빠져나가지 못하게 길목만 틀어막았다.

이제 답답해지는 쪽은 조선군이었다.

조선군이 자랑하는 화력을 선보이기 위해선 적이 먼저 공격을 해야 했다. 한데 적은 진채에 틀어박혀 꼼짝하지 않았다.

그렇다면 조선군이 먼저 공격에 나서는 수밖에 없었는데 포병까지 함께 움직이기엔 주변 상황에 제약이 너무 많았다.

이래저래 골치 아픈 상황이었다.

다음 날, 기다렸던 권율이 3사단을 데리고 다지마에 도착했다.

5사단은 근위군 사령관 권응수와 함께 나중에 도착할

예정이었다. 어느 정도 편제를 갖춘 이혼은 장수들을 소환했다.

그리고 적의 전략에 대응하기 위한 작전회의를 열었다.

이혼은 지금 상황을 간략히 설명하고 그 대응방안을 물었다.

갓 도착한 3사단장 김덕령이 먼저 입을 열었다.

"적이 방어를 굳힌다면 기동전으로 나가야하옵니다."

"어떻게 말이오?"

"소장의 부대가 길목을 우회해 적의 시선을 끌어보겠사옵니다. 적은 교토로 가는 길을 막아야하니 움직일 것이옵니다. 그때, 본대가 앞으로 전개하면 적을 칠 수 있을 것이옵니다."

그 말에 정기룡이 고개를 저었다.

"적이 뒤를 끊어버리면 오히려 3사단이 먼저 고립당할 수 있사옵니다. 퇴각할 장소가 없는 상황에서는 큰일이옵니다."

이혼이 김덕령을 보며 말했다.

"과인 역시 정기룡장군과 같은 생각이오. 3사단이 우회했다가 퇴로가 막혀버리면 오도 가도 못할 테니 오히려 위험하오."

김덕령의 제안을 물리친 이혼이 권율 쪽으로 시선을 돌렸다.

역시 이럴 때 믿을 수 있는 사람은 권율이었다.

"도원수의 생각은 어떻소?"

"신의 소견으론 정면 승부가 나을 듯 보이옵니다."

"정면 승부?"

"그렇사옵니다. 이런 대치전은 우리가 불리하다고 생각하옵니다. 그래서 어떤 식으로든 변화를 주는 게 최선의 방법인데 소장의 생각엔 별동부대를 이용한 기습이나, 유인작전은 통하지 않을 것이옵니다. 적이 자라처럼 움츠리고 있는 상황에서 시끄럽게 굴어봐야 힘만 낭비하는 꼴이옵니다."

"하면 어떤 식으로 변화를 꾀한다는 말이오?"

"적이 이렇듯 방어에 치중하는 것은 우리의 화포 전력을 두려워하기 때문일 것이옵니다. 그렇다면 그 화포 전력을 앞세워 정면승부에 나설 경우, 적은 아마 움츠러들거나, 아니면 오히려 더 과감한 공격을 해올 가능성이 있을 것이옵니다."

권율의 대답에 이혼이 물었다.

"어느 쪽이 우리에게 더 유리한 것이오?"

"당연히 과감한 공격을 해오는 쪽이옵니다. 우리의 목표는 이곳이 아니옵니다. 그리고 도쿠가와 이에야스와 자웅을 겨루는 것 또한 목적이 아니옵니다. 그런 이유로 여기서 지체하면 지체할수록 불리해지는 것은 우리 쪽일 것이옵니다."

권율의 대답에 1사단장 황진이 물었다.

“정면승부를 걸어도 저들이 피해버리면 소용없는 게 아닙니까?”

권율이 고개를 저었다.

“피하지 못하게 만들어야지.”

대답한 권율은 회의에 참석한 사람들에게 작전을 설명했다.

작전을 들은 이혼이 고개를 끄덕이며 포병여단장 장산호를 보았다. 장산호 역시 권율, 김덕령과 함께 오늘 도착했다.

“포병은 생각은 어떻소?”

“도원수의 말대로 된다면 가능하리라 보옵니다.”

“으음.”

이혼은 시선을 내려 탁자 위에 있는 적의 진형지도를 보았다.

수색대와 국정원 등이 협력해 만든 지도였는데 그 안에는 적의 진형과 병력의 숫자, 그리고 각 영주의 이름이 있었다.

“피하지 못하게 만든 다라…….”

중얼거린 이혼이 고개를 들어 회의석 끝을 보았다.

회의석 끝에는 국정원에서 나온 간부가 덩그러니 앉아 있었다.

이혼이 그에게 물었다.

"도쿠가와 아들은 지금 어찌하고 있소?"

간부가 벌떡 일어나 물었다.

"쇼군말이옵니까?"

이혼이 고개를 저었다.

"아니, 이곳에 있는 아들 말이오?"

눈을 크게 뜬 간부가 얼른 대답했다.

"아, 마쓰다이라 다다요시를 언급하시는 거라면 여전히 오와리 기요스에서 데려온 자신의 병력을 지휘하고 있사옵니다."

이혼은 까칠하게 자란 수염을 쓸어내렸다.

"저번 일로 도쿠가와에게 벌을 받지 않은 모양이군."

"그렇사옵니다."

간부의 대답을 들은 이혼은 손가락을 지도 위에 올렸다.

그리곤 특정 지점을 가리켰다.

"될 것 같기도 하군."

마음을 정한 이혼이 권율에게 지시했다.

"도원수가 말한 작전을 시행하시오."

"예, 전하."

군례를 올린 권율은 바쁘게 움직였다.

먼저 포병이 중요했다.

포병은 조선군의 주력임과 동시에 미끼였다.

이미 포병을 미끼로 사용해 효과를 톡톡히 본지라 자신 있었다.

눈앞에 무방비상태의 탐스런 먹잇감을 있는데 이를 그냥 지나칠 수 있는 사람은 많지 않았다. 아니, 없다고 봐야 했다.

권율은 장산호를 만나 포병 배치에 대해 설명했다.

나머진 장산호가 알아서 할 것이다.

장산호는 조선군에서 포병의 실정을 가장 잘 아는 사람이었다.

그는 이혼의 도움을 받아 포병을 만들고 운영해온 당사자였다.

이를 테면 포병의 아버지인 셈이었다.

날이 조금 선선해진 저녁.

장산호가 포병 병사들을 거칠게 몰아붙였다.

"지금부터 대룡포를 전방으로 옮긴다!"

병사들은 훈련받은 대로 움직였다.

고정시킨 대룡포를 해체했다.

그리고 해체한 대룡포를 소와 말을 이용해 앞으로 이동시켰다.

드르륵!

대룡포가 움직이는 소리가 워낙 커 적이 듣지 못할 리가 없었다. 더욱이 낮이 길어진 한여름이었다. 아직 빛이 남아있는 시간인지라, 조선군을 감시하던 닌자의 눈에 들어갔다.

포병을 앞에 세우기 위해선 꽤 먼 거리를 이동해야했다.

후방에 있던 포병을 보병 앞에 다시 전개하는 셈이었다.

포병 병사들은 대룡포를 빨리 옮기기 위해 임시 레일을 깔았다.

말과 소가 아무리 힘이 세도 경사진 비탈 위로 대룡포를 끌어올리는 데는 한계가 있기 마련이었다. 그러나 레일을 이용하면 일이 쉬워졌다. 대룡포 포차 바퀴는 요자(凹字)처럼 안이 움푹 들어간 형태였다. 반면, 레일은 철자(凸字)처럼 가운데가 위로 튀어나와있는 형태였다. 그래서 포차 바퀴를 레일 위에 올리면 경사진 곳에서도 이동이 가능했다.

레일을 깐다는 게 말처럼 쉽지 않았다.

우선 땅이 단단한 곳에서만 가능했다.

땅이 질퍽하거나, 밑에 공간이 있을 경우엔 무게를 견디지 못할 가능성이 높았다. 또, 단순히 레일만 깐다고 되는 게 아니라, 레일을 받치는 침목부터 먼저 설치해야하는 번거로움이 있었다. 한데 이런 번거로움에도 불구하고 레일을 깔고 대룡포는 이동시키는 일련의 과정이 물처럼 부드러웠다.

그 동안 해온 훈련의 성과였다.

포병은 오로지 훈련에만 시간을 투자했다.

오전엔 포사격을, 오후엔 이동훈련을 몇 년 동안 반복해 왔다.

그런 훈련의 성과가 마침내 가장 중요할 때 발휘되었다.

그날 밤, 포병의 급속 전개가 성공리에 끝났다.

도쿠가와 이에야스의 진채에서 불과 300미터 떨어진 곳이었다.

30문의 대룡포가 부채꼴로 배치되어 적의 진채를 겨냥했다.

전개를 마쳤다는 보고를 받기 무섭게 이혼이 지시했다.

"시작하시오."

"예, 전하!"

권율은 바로 장산호에게 포격하라 명했다.

자정을 갓 넘은 시각, 마침내 대룡포가 불을 뿜기 시작했다.

콰콰콰쾅!

대룡포로 발사한 신용란이 적 진채를 부수기 시작했다.

화염이 수십 미터까지 치솟아 주변을 대낮처럼 밝혔다.

일제 포격을 마친 포병은 돌아가며 포사격에 들어갔다.

1대대 1번포와 2번포가 포격할 때 다른 포대는 휴식을 취했다.

그리고 다음에는 1대대 3번포와 5번포가 포격했다.

당연히 1대대 1번포와 2번포는 그 사이 휴식을 취했다.

그렇게 돌아가며 포사격과 휴식을 번갈아하니 적은 계속 깨어있어야 하는 반면에, 아군은 쉴 시간을 벌 수가 있었다.

하룻밤 사이에 신용란 100여 발이 적 진채에 떨어졌다.

새벽까지 이어진 포탄 세례에 적은 적지 않은 피해를 입었다.

충격의 여파가 300미터 떨어진 이곳까지 고스란히 전해졌다.

그러나 도쿠가와 이에야스는 너구리였다.

아니, 인내심의 화신이었다.

눈앞에 탐스런 먹잇감이 있음에도 절대 움직이지 않았다. 오히려 진채를 물리며 조선군의 포격사거리 밖으로 퇴각했다.

이혼은 포병에게 적이 물러선 만큼 접근하라 명했다.

장산호는 대룡포를 뽑아 다시 앞으로 전진 했다.

그리고 다시 300미터 앞에 대룡포를 내리고 포격에 들어갔다.

다시 한 번 적 진채에 신용란이 떨어지기 시작했다.

이젠 낮이고 밤이고 상관없었다.

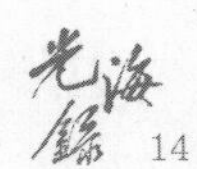

포병 병사들은 낮에 그늘에 앉아 쉬다가 잠깐 나와 포격했다.

그렇게 하면 열사병을 막을 수 있었다.

포격을 시작한지 거의 3일이 흘렀다.

도쿠가와 이에야스는 계속 물러났고 포병은 계속 전진했다.

그렇다보니 자연히 조선군 진형은 동서로 길게 늘어질 수밖에 없었다. 포병은 앞으로 움직이는 반면, 조선군 수뇌부가 위치한 사령부는 처음 그 자리에 있으니 다른 방도가 없었다.

이는 마치 뱀의 형상처럼 보였다.

뱀 머리가 무섭긴 하지만 양 측면의 방어는 허술해진 것이다.

진형이 늘어지다 보니 측면은 자연히 얇아졌다.

오히려 포병보다는 그 측면이 더 맛있는 먹잇감처럼 보였다.

측면만 제대로 찌른다면 조선군을 두 동강내 각개격파가 가능했다. 그러나 도쿠가와 이에야스는 이를 무시해버렸다.

약점을 알고도 남을 사람이지만 초인적인 인내심으로 버텼다.

그러나 도쿠가와가문 전체가 그런 것은 아니었다.

특히, 측면과 맞닿아 있던 마쓰다이라 다다요시는 더 아니었다.

3장. 화망(火網)

NEO ALTERNATIVE HISTORY FICTION

3장. 화망(火網)

인간을 대표하는 본능은 수십 가지일 것이다.

그만큼 인간은 생체 구조가 아주 복잡한 개체였다.

인간의 본능은 대부분 생존과 깊이 연결되어 있었다.

생존본능이 유전자에 담겨 대대손손 전해지는 것이다.

한데 인간에게는 생존과 관계가 없는 본능이 두 가지 있었다.

그 둘은 오히려 생존을 위협하는 본능이었다.

바로 욕심과 호기심이었다.

둘 다 잘만 풀리면 좋은 본능이었다.

욕심을 가지면 더 나은 삶을 살 수 있다. 그리고 호기심이야말로 인간의 지적수준을 지금까지 향상시켜온 원동력이었다.

호기심이 없었으면 문명의 발전은 없었을 것이다.

인류역사와 함께 한 호기심이야말로 문명발전의 원동력이었다.

그러나 욕심과 호기심이 항상 좋은 결과로 이어지진 않았다.

마쓰다이라 다다요시는 눈앞에 길게 늘어선 조선군의 진형을 보며 욕심이 생겼다. 전의 전투로 그는 아버지 도쿠가와 이에야스의 눈 밖에 난 상황이었다. 아버지가 평범한 가정의 가장이라면 아버지의 눈 밖에 나도 큰 상관은 없었다.

고작 유산 몇 푼 받지 못하는 게 다였다.

그러나 아버지가 생사여탈권을 쥔 절대자라면 이야기가 달랐다.

아버지의 눈 밖에 나면 가진 영지를 모두 잃거나, 심지어 목숨을 잃을 위험마저 있었다. 마쓰다이라 다다요시는 실망한 아버지에게 자신이 아직 쓸모가 있다는 걸 증명해야했다.

마쓰다이라 다다요시는 욕심을 부리고 있었다.

그때, 군감이 마쓰다이라 다다요시 옆으로 걸어왔다.

군감은 아버지 도쿠가와 이에야스를 오래 따른 중신이었다.

그는 도쿠가와 이에야스가 이마가와가문의 거성 슨푸에 인질로 있을 때부터 모셨던 중신이었다. 그야말로 까마득한 애기였다. 어쨌든 그 중신은 군감의 자격으로 그의 진중에 와있었다. 군감의 임무는 하나였다. 총사령관이 지시한 사항을 부하나, 영주들이 제대로 따르는지 확인하는 것이다.

군감의 보고에 따라 영주의 처우가 바뀔 수 있었다.

마쓰다이라 다다요시가 고개를 돌려 군감에게 물었다.

"오고쇼님의 지시에 변동이 생겼소?"

군감은 고개를 저었다.

"변동은 없습니다."

"그럼 저놈들을 저대로 내버려두라는 말이오?"

"그렇습니다. 이는 오고쇼님의 지시사항입니다."

"하."

한숨을 내쉰 마쓰다이라 다다요시가 고개를 끄덕였다.

"알겠소. 아버님, 아니 오고쇼님의 명을 따르겠다고 전해주시오."

"그럼 그렇게 알고 저는 잠시 오고쇼님의 진중에 가있겠습니다."

군감은 인사하고 도쿠가와 이에야스의 명을 받으러 떠났다.

마쓰다이라 다다요시는 군감이 사라지기 무섭게 안색을 바꿨다.

"흥, 쓸모없는 노인네 같으니라구."

말에 오른 마쓰다이라 다다요시가 오와리의 가신들을 모았다.

"조선군을 기습할 테니 준비하시오."

그 말에 가신들이 깜짝 놀라 물었다.

"오고쇼님의 명입니까?"

"그렇소. 방금 군감이 와서 그렇게 전했소."

마쓰다이라 다다요시의 말에 가신들이 눈을 크게 떴다.

가신 하나가 말했다.

"저희들이 오고쇼님에게 가서 맞는지 확인해도 괜찮겠습니까?"

그 말에 마쓰다이라 다다요시의 눈썹이 지렁이처럼 꿈틀댔다.

"당신들, 나를 못 믿는 거요? 당신들은 아버지의 가신이오? 아니면 오와리서부터 나를 따라온 이 다다요시의 가신이오?"

가신들이 당황한 얼굴로 엎드려 용서를 빌었다.

"신들이야 당연히 다다요시님의 가신입니다."

"그럼 어서 내 말대로 병력을 추리시오. 조선군을 칠 것이오."

마쓰다이라 다다요시가 강하게 나오는 바람에 방법이

없었다.

가신들은 급히 병력을 추려 도열했다.

잠시 후, 말에 오른 마쓰다이라 다다요시가 왜도를 뽑아 들었다.

"쳐라! 수급을 가장 많이 벤 자에겐 영지와 황금을 내리겠다!"

그 즉시, 선두에 있던 오와리의 기병이 달리기 시작했다.

두두두!

기세 좋게 달려간 기병은 진형이 늘어진 조선군 측면을 기습했다. 조선군은 측면 기습을 생각지 못한 듯 크게 당황했다.

우왕좌왕하다가 기병에 밀려 후퇴하기 시작했다.

기습이 성공했다고 믿은 마쓰다이라 다다요시가 웃어젖혔다.

"하하, 거 봐라! 내 뭐라 했는가!"

마쓰다이라 다다요시는 대기하던 보병부대를 마저 내보냈다.

5천이 넘는 병력이 조선군 측면에 파고들어 맹공격을 가했다.

조선군은 후퇴하느라 정신이 없었다.

퇴각이 늦은 병사들은 마쓰다이라군에게 짓밟혔다.

급기야 포병이 있는 선두부대와 지휘부가 있는 후방부대가 두 개로 찢어지기 시작했다. 마쓰다이라 다다요시의 의도대로 조선군이 두 개로 나뉘어 각개격파 당하기 직전이었다.

한편, 도쿠가와 이에야스는 조선군 포병의 포격을 피하기 위해 후퇴할 지역을 고르던 중이었다. 그에게 퇴각은 굴욕이 아니었다. 승리를 위해 뒤로 한 발 물러서는 것뿐이었다.

잠시 군막 밖의 소리에 귀를 기울이던 도쿠가와 이에야스가 미간을 찌푸리며 고개를 돌렸다. 규칙적인 간격으로 들려오던 조선군의 포성이 어느 순간부터 전혀 들려오지 않았다.

조선군은 벌써 3일째 포격을 가해오는 중이었다.

그것도 간격이 일정해 마치 시간을 알려주는 듯했다.

한데 포격이 멈췄다는 것은 두 가지 이유 중에 하나일 것이다.

하나는 조선군 내부에 사정이 생긴 경우였다.

포탄이 떨어졌을 수도 있고 아예 전략이 바뀌었을 수도 있었다.

그리고 다른 하나는 그가 지휘하는 예하 부대에 이상이 생겨 조선군이 이에 대응하느라, 포를 쏠 시간이 없는 경우였다.

둘 다 마음에 들지 않는 경우였다.

도쿠가와 이에야스가 심각한 얼굴로 측근을 불렀다.

"포성이 들리지 않는군. 나가서 무슨 일인지 알아보게."

"예!"

대답한 가신들이 뛰어나가 상황을 파악했다.

잠시 후, 가신들이 얼굴이 하얗게 질려 돌아왔다.

의자에 앉아 지도를 보던 도쿠가와 이에야스가 벌떡 일어났다.

"무슨 일인가?"

"기, 기요스성주가……."

"다다요시말인가?"

"그, 그렇습니다."

도쿠가와 이에야스가 군선으로 탁자를 세게 내리치며 물었다.

"다다요시가 또 무슨 사고를 친 것인가?"

"무단으로 조선군 측면을 기습했습니다."

"이런 멍청한 놈!"

중신의 보고에 도쿠가와 이에야스가 화를 냈다.

그 모습을 본 다른 중신이 의아해하며 물었다.

"오고쇼님의 명을 어긴 것은 차후에 벌을 내리든지 해야겠지만 조선군 측면을 기습한 건 오히려 좋은 판단이 아닙니까?"

"왜 그렇게 생각하나?"

"조선군 진형이 길게 늘어져있는 상황에서 측면을 기습하면 적은 두 개로 찢어질 것입니다. 각개격파가 가능할 테지요."

중신의 말에 도쿠가와 이에야스가 한심스러운 표정을 지었다.

"적은 조선의 임금일세. 분로쿠와 게이초의 역 때 직접 전투를 치른 자란 말일세. 그런 자가 그런 생각을 하지 못했겠는가? 오히려 이는 너무 빤히 보이는 속임수였기에 단속을 잘하라 이른 것인데 명을 어기고 멍청한 짓을 저지르다니!"

허공에 분노를 터트린 도쿠가와 이에야스가 자조하듯 말했다.

"아, 놈은 노린 것은 내가 아니었구나. 다다요시를 노린 거였어."

도쿠가와 이에야스는 지체 없이 명을 내렸다.

"다다요시 진중에 있던 군감을 잡아 임무태만으로 목을 베라!"

중신들은 다다요시군을 감시하던 군감에게 죄가 없다는 것을 너무나 잘 알았다. 마쓰다이라 다다요시의 평소 행실을 볼 때 분명 군감을 교묘히 속이고 혼자 저지른 짓일 터였다.

그러나 도쿠가와 이에야스가 워낙 격노한지라, 말리지 못했다.

시키는 대로 군감을 잡아다가 군문 앞에서 참수했다.

도쿠가와 이에야스의 명이 급박하게 이어졌다.

"전투 한 번에 자식 놈을 둘이나 잃을 순 없다."

"하오시면?"

"퇴각시키던 병력으로 앞으로 전개해라!"

"예!"

도쿠가와 이에야스의 명으로 퇴각하던 왜군이 돌아섰다.

한편, 쳐들어간 마쓰다이라 다다요시는 승승장구하는 중이었다.

함정이라던 도쿠가와 이에야스의 예측이 틀린 듯했다.

신이 난 마쓰다이라 다다요시가 군선을 휘두르며 지시했다.

"속도를 높여라! 적을 분단시켜야한다!"

그가 지휘하는 5천 병력이 조선군의 허리를 완전히 갈랐다.

아니, 가르기 직전이었다.

끝이 멀지 않았다.

"워워."

군마를 멈춘 마쓰다이라 다다요시가 중신들을 찾았다.

말을 탄 중신들이 급히 그 뒤를 쫓아오고 있었다.

마쓰다이라 다다요시가 이것보라는 얼굴로 웃으며 소리쳤다.

"하하, 다들 보시오! 조선 놈들이 꼬리를 말고 도망치지 않소?"

그때, 중신 하나가 경악해 소리쳤다.

"앞을 보십시오!"

마쓰다이라 다다요시는 그 말에 얼른 고개를 앞으로 돌렸다.

탕!

용아의 총성이 들리더니 몸이 붕 떠올랐다.

그리곤 몸의 뼈가 조각나는 것 같은 통증이 밀려왔다. 좋지 못한 자세로 떨어졌는지 숨이 턱 막히며 눈앞이 하얘졌다.

뒤이어 달군, 아니 용암에서 막 꺼낸 것 같은 쇠꼬챙이로 가슴을 지지는 것 같은 통증이 손발 끝을 저릿하게 만들었다. 사람은 우습지만 통증을 하나 밖에 인식하지 못했다. 가슴과 머리가 동시에 다쳤을 때 가슴의 상처가 더 고통스럽다면 머리에 입은 상처는 고통을 느끼지 못하는 것이다.

마쓰다이라 다다요시는 몸을 움직이기 위해 노력했다.

이대로 누워있으면 위험하다는 것을 직감했다.

한데 몸이 움직이질 않았다.

마치 누가 가슴 위에 올라타서 찍어 누르는 것 같았다.

그리고 입과 코를 동시에 막아버린 듯 숨을 쉬기 어려웠다.

"성주님!"

누가 소리치는 소리가 들렸다.

그리고 누가 몸을 흔드는 느낌이 들었다.

그러나 점점 졸려왔다.

입은 벌렸지만 목소리가 나오지 않았다.

눈이 절로 감겼다.

곧 편해지며 의식이 망각의 강을 건넜다.

매복기습으로 적장 마쓰다이라 다다요시를 쓰러트린 이혼은 주위를 둘러보았다. 마쓰다이라 다다요시가 생전에 지휘하던 왜군 5천 명이 조선군 측면에 깊숙이 들어와 있었다.

시신이라도 챙겨갈 셈인지 오와리의 가신들이 달려왔다.

이혼은 옆에 있던 권율에게 고개를 끄덕였다.

권율은 그 즉시 통신장교에게 신호를 보냈다.

그 순간, 두 동강이 났다고 생각했던 조선군이 왜군을 향해 일제히 돌아섰다. 단순히 병사들만 돌아선 것이 아니었다.

포격을 멈춘 채 대기하던 포병 역시 왜군을 향해 돌아섰다.

"포격하라!"

장산호의 명이 떨어지는 순간.

양쪽에 나뉘어있던 대룡포가 마쓰다이라군을 조준했다.

그리곤 포격을 시작했다.

전이었다면 그곳에 조선군이 있었을 것이다.

즉, 아군 머리 위에 포격하는 셈이었다.

그러나 지금은 아니었다.

지금은 마쓰다이라 다다요시가 지휘하던 왜군 5천이 있었다.

마쓰다이라 다다요시는 생전에 조선군 측면을 제대로 기습했다고 생각했겠지만 사실은 아니었다. 그곳은 권율이 판 함정이었다. 처음부터 권율은 도쿠가와 이에야스를 상대로 함정을 판 게 아니었다. 그 아들 마쓰다이라 다다요시가 목표였다. 그리고 권율의 작전은 정확하게 맞아떨어졌다.

대룡포의 포탄 수십 발을 뒤집어 쓴 왜군은 도망치기 바빴다.

권율은 한 차례 더 포격한 후에 통신장교를 불렀다.

"포격중지!"

그 말에 통신장교는 포격중지를 뜻하는 깃발을 급히 휘

둘렀다.

전선의 길이가 거의 5킬로미터에 달했다.

아무리 큰 깃발을 가지고 있더라도 5킬로미터 밖에서 알아보기는 쉽지 않았다. 그래서 중간에 대기하던 통신과 병사들이 같이 깃발을 휘둘러 양쪽의 포병부대에 지시를 전했다.

잠시 후, 거짓말처럼 포격이 멈췄다.

통신과가 고안한 장거리 통신수단이 통한 것이다.

포격을 멈춘 권율은 바로 다음 지시를 내렸다.

"3사단에게 공격을 명해라!"

"예!"

권율의 지시를 다시 통신장교가 받았다.

통신장교는 3사단을 뜻하는 깃발을 집어 흔들었다.

전과 같은 방식으로 권율의 지시가 몇 킬로 밖에 있는 3사단에 전해졌다. 3사단장 김덕령은 신호를 보기 무섭게 바로 병력을 이끌고 달리기 시작했다. 3사단은 지금까지 싸워볼 기회가 없었다. 대마도, 오키, 그리고 마쓰에와 이즈모, 호키, 이나바를 지나는 동안, 그들은 총 한번 쏘지 못했다.

3사단은 자신들 역시 1사단과 2사단에 못지않다는 걸 이혼에게 보여주고 싶었는지 바람처럼 달려 도망치는 적을 쫓았다.

이미 포병의 포격을 받아 전의를 상실한 적이었다. 3사단의 위력을 보여주기에 적당한 상대는 아니었지만 상관없었다.

곧장 따라붙어 도망치는 적에게 용아를 무차별적으로 쏘았다.

도망치던 적들이 피를 뿌리며 나뒹굴었다.

3사단은 계속 따라붙으며 계속 공격했다.

거리가 가까우면 죽폭을 던지고 멀면 용아를 쏘았다.

폭음과 총성이 어우러지며 도망치는 적을 계속 쓰러트렸다.

그러나 적도 그저 그런 오합지졸은 아니었다.

장수를 잃어 우왕좌왕하긴 했지만 한때 정병으로 소문난 오와리의 병사들이었다. 오다 노부나가의 기반이 그들이었다.

즉시, 다치거나, 늙은 병사들을 후방에 보내 3사단을 막았다.

"빨리 처리해라!"

소리친 김덕령은 용미를 뽑아 달려드는 적을 겨누었다.

탕!

용미의 총구가 들리는 순간.

팔에서 피를 흘리던 적이 뒤로 나가떨어졌다.

3사단은 착검한 용아으로 결사대로 나선 적을 찔렀다.

그리고 죽폭을 던져 막아서는 적 사이에 통로를 뚫었다.

왜군 결사대를 뚫어낸 3사단은 계속 달려가며 적을 추격했다.

적은 또 한 번 기지를 발휘했다.

몇 백 명씩 흩어져 사방으로 도망치기 시작한 것이다.

"당황할 필요 없다! 대대별로 나뉘어 도망치는 적을 추격해라!"

김덕령의 지시에 3사단 병력이 사방으로 갈라졌다.

그리곤 한 부대씩 맡아 추격하기 시작했다.

김덕령은 거의 3, 4킬로미터를 추격한 후에야 추격을 멈췄다.

그 사이, 죽어나간 적의 숫자는 몇 천 단위였다.

그야말로 끔찍한 패배였다.

3사단은 자신들이 세운 전공을 감상하며 복귀할 여유가 없었다.

도쿠가와 이야에스의 눈물겨운 부정(父情)이 전방에 있는 1사단에 쏟아지는 중이었다. 마쓰다이라 다다요시가 자신의 명을 어긴 사실이 마음에 들지 않았지만 그렇다고 유키 히데야스에 이어 아들을 또 하나 잃을 순 없었던지라, 아들이 피할 기회를 만들기 위해 전방에 맹렬한 공격을 가해왔다.

도쿠가와 이에야스가 직접 지휘하는 군대는 확실히 달랐다.

역전의 명장 황진과 조선 최고의 병사들로 이루어진 1사단이 연신 뒤로 밀렸다. 포병이 마쓰다이라 다다요시를 공격하느라 화력지원이 없었다곤 하지만 적의 기세가 대단한 것은 사실이었다. 황진은 급히 군사령부에 지원을 요청했다.

권율은 3사단에 전령을 보냈다.

"1사단의 상황이 급하니 3사단은 빨리 지원부대를 편성해라!"

명을 받은 김덕령은 자신이 직접 전방으로 달려갔다.

권율이 급하게 명을 내린 이유를 바로 알 수 있었다.

1사단은 벌써 3, 400미터 이상 밀린 상태였다.

용아와 죽폭, 그리고 연폭을 모두 사용해가며 맞섰지만 사방에서 폭풍처럼 몰아쳐오는 도쿠가와군을 막기가 힘들었다.

"1사단을 지원하라!"

김덕령은 달려가며 1사단 좌측을 지원했다.

한없이 밀리던 1사단은 그제야 전열을 정비할 틈을 벌었다.

잠시 소강상태가 이어졌다.

1사단에 지원군이 왔다는 사실을 안 도쿠가와 이에야스는 진격을 멈췄다. 더 깊이 들어갔다간 포병에게 당할 수 있었다.

그때, 남쪽에 있던 마쓰다이라 다다요시의 진채에서 연락이 왔다. 오와리의 영주이며 기요스성의 성주였던 마쓰다이라 다다요시가 전사했다는 전갈이었다. 유키 히데야스에 이어 두 번째 비보였다. 도쿠가와 이에야스는 크게 상심했다.

전투 한 번에 아들을 둘이나 잃을 줄은 상상조차 못한 바였다.

도쿠가와군의 여론은 금세 두 개로 분열되었다.

하나는 마쓰다이라 다다요시의 복수를 해야 한다는 여론이었다. 그리고 다른 하나는 후퇴하여 교토를 틀어막자는 여론이었다. 교토를 수비하다가 다테 마사무네 등 간토에서 오고 있는 지원군과 합류해 싸우는 게 낫다는 판단이었다.

도쿠가와 이에야스는 둘 다 따르지 않았다.

물러서지도, 그렇다고 복수에 나서지도 않았다.

자리를 지키며 조선군의 교토진입을 막는데 최선을 다했다.

가신들의 의문에는 이렇게 답했다.

"교토에 들어가 농성하는 것은 최후의 보루를 버리는 셈이다. 만약, 거기서도 무너지면 황성이 짓밟힐 수밖에 없다. 내가 살아있는 한, 교토가 불바다로 변하는 일은 없을 것이다."

또, 아들의 복수를 왜 하지 않느냐는 질문에는 이렇게 답했다.

"내 아들은 아들이기 이전에 일국을 다스리는 영주다. 그들은 자신의 영지를 대표하다가 죽어간 것이다. 이런 사안에 사감이 개입되기 시작하면 군대를 통솔하기가 어려워진다."

가신들은 도쿠가와 이에야스의 대답을 이해했다.

그들은 바로 힘을 합쳐 교토로 가는 길을 단단히 틀어막았다.

그야말로 철통방어였다.

이혼은 다시 포병을 이용해 적을 밀어내는 작전을 사용했다.

그러나 도쿠가와 이에야스는 이에 말려들지 않았다.

다시 거리를 벌려 포격 범위 밖으로 빠져나갔다.

마치 땅따먹기 같은 상황이었다.

땅은 계속 따지만 목적지에 도착하려면 몇 달, 아니 몇 년이 걸릴지 모르는 상황이었다. 더구나 시간은 적에게 유리했다.

답답한 상황이었다.

그나마 조선군에게 희소식이라면 권응수가 5사단과 함께 도착했다는 사실이었다. 마침내 근위군이 편제를 완성했다.

5사단장 정문부는 지친 사단을 대신해 도쿠가와 이에야스를 공격했다. 힘이 넘치는지라, 잠시 밀어내기도 했지만 결국 도쿠가와 이에야스의 철벽방어에 막혀 뜻을 이루지 못했다.

한데 특이한 점이 하나 있었다.

조선군 지휘부의 얼굴이 그렇게 어둡지 않다는 점이었다. 점점 패색이 짙어져야 정상인데 지휘부는 전혀 그렇지 않았다.

이혼은 국정원을 통해 왜국 상황을 계속 전달받았다.

다테 마사무네, 모가미 요시아키, 그리고 가모 히데유키가 지휘하는 간토지원군 7만이 긴키 입구에 도착한 상황이었다.

앞으로 5, 6일이면 전장에 합류할 테니 그 전에 끝내야 했다.

이혼은 먼저 5사단장 정문부를 불렀다.

"5사단이 어려운 일을 해줘야겠소."

"명만 내리시옵소서. 5사단 장병은 이미 각오를 다졌사옵니다."

"좋소."

이혼은 5사단장 정문부에게 밀명을 내렸다.

그리고 바로 행동에 들어갔다.

먼저 1사단이 남동쪽으로 방향을 바꿔 진격했다.

교토와는 관계없는 길이었다.

1사단이 가는 방향에서 교토로 가려면 험난한 지형을 통과해야하는데 이는 아무리 뛰어난 군대도 하기 힘든 일이었다.

당연히 1사단의 목표는 교토가 아니었다.

1사단 다음에는 2사단이었다.

그리고 2사단 다음에는 포병여단과 3사단이 같이 빠져나왔다.

도쿠가와 이에야스는 전장에 뿌려놓은 닌자들을 통해 조선군의 동향을 보고받았다. 도쿠가와 이에야스는 전국시대 때에도 닌자들을 잘 이용하기로 소문난 사람인지라, 그를 따르는 닌자가문이 많아 그 정보망을 빠져나가기 어려웠다.

조선군의 이탈에 도쿠가와 이에야스는 잠시 당황했다.

조선군의 의도를 제대로 파악하기 어려웠다.

그들의 목표는 대체 무엇이란 말인가?

임진왜란 때 쳐들어간 왜군이 그대로 북상해 선조를 잡으려했던 것처럼 교토를 점령해 천황을 잡으려는 게 아니었나?

조선군이 가는 방향에서는 교토에 갈 방법이 없었다.

그 무거운 장비를 들고 험한 지형을 통과할 방법이 없었다.

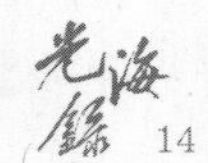

이는 우회공격이 아니었다.

즉, 교토가 처음부터 그들의 목적이 아니라는 뜻이었다.

도쿠가와 이에야스는 진채에 있는 자기 처소에 들어가 두문불출(杜門不出)하며 조선군의 진짜 의도를 파악하려 애썼다.

오래지않아 그는 조선군이 노리는 목표가 무엇인지 알아냈다.

바로 오사카성이었다.

도쿠가와 이에야스는 몇 년 전 사명대사가 찾아왔던 일이 문득 떠올랐다. 그때, 조선은 분로쿠, 게이초의 역 때 입은 피해를 보상받기 원했다. 물론, 도쿠가와 이에야스는 일언지하에 거절했다. 전쟁을 일으킨 것은 그가 세운 에도 막부가 아니었다. 오사카성에 틀어박혀있는 도요토미가문이었다.

도쿠가와 이에야스는 보상을 원하는 조선의 사신에게 오사카행을 추천했다. 후에 들리는 말로는 사명대사가 오사카성을 방문해 그곳에 있던 도요토미 히데요리와 요도도노 둘에게 면담을 청했으나 도요토미쪽에서 거절했다고 하였다.

심지어 성에 들어가 보지도 못했다고 하니 문전박대와 다름없었다. 일국의 사신이 당할 수 있는 최악의 굴욕일 것이다.

그가 생각하기에 조선군의 목적은 오사카성이었다.

그렇다면 그는 어떻게 하는 게 좋을까?

도쿠가와 이에야스는 손익을 재빨리 계산했다.

물론, 첫 번째 따져봐야 할 것은 자국의 이득이었다.

왜국에 이득이 되는 쪽으로 움직이는 게 가장 좋았다.

지금 그는 일개 영주가 아니었다.

왜국영토와 교토의 천황을 지켜야하는 쇼군가문의 수장이었다.

그러나 두 번째로 따져봐야 할 것은 그 자신의 이득이었다.

자신에게 이득이 되는 쪽으로 움직여야했다.

겉으로는 도쿠가와가문이 도요토미가문을 누른 것처럼 보여도 실상은 그렇지 않았다. 후환이 완벽히 제거된 게 아니었다. 도요토미 히데요시가 죽기 얼마 전에 자식을 낳은 것이다. 그 자식이 오사카성의 성주 도요토미 히데요리였다.

도쿠가와 이에야스에게 도요토미 히데요리는 눈엣가시였다.

도요토미가문을 완전히 멸문시키지 않고선 도쿠가와가문이 반석 위에 서지 못했다. 언제든 반역의 불길이 일 수 있는 것이다. 도쿠가와 이에야스는 사고의 영역을 확장시켰다.

그러자 가장 먼저 든 생각이 손 안대고 코풀기였다.

조선군이 오사카성에 틀어박혀있는 도요토미 히데요리를 제거해줄 수만 있으면 그는 그야말로 일거양득인 셈이었다.

결론을 내린 도쿠가와 이에야스는 부하들에게 명했다.

"우리는 천황이 계시는 교토를 수비한다!"

"옛!"

부하들은 도쿠가와 이에야스의 명을 충실히 따랐다.

그들에게는 중앙정부의 관원이라는 개념이 없었다.

여전히 봉건사회인 것이다.

그들에게는 나라보다 모시는 가문이 중요했다.

도쿠가와가문의 중신들은 당연히 도쿠가와를 위해 움직였다.

교토를 막으면 오사카성으로 가는 길목이 다 뚫린다는 것을 알지만 그들은 움직이지 않았다. 가문의 이득이 먼저였다.

중신 중 하나가 도쿠가와에 이에야스에게 조언했다.

"이런 식으로 흘러가면 사람들이 좋지 않은 시선을 보낼 겁니다. 마치 오고쇼님에게 도요토미를 차도살인할 목적이 있어 조선군을 살려 보내주었다고 떠들 테지요. 그래서 드리는 말씀인데 오사카성 쪽에 병력을 보내시는 게 어떻습니까?"

척하면 딱이었다.

도쿠가와 이에야스는 바로 고개를 끄덕였다.

"으음. 그렇겠군. 알았다. 혼다의 부대를 보내라. 단, 열심히 싸울 필욘 없다. 얼굴이나 비춰주며 이쪽은 교토를 막는 일이 시급해 대군을 움직일 수 없으니 이해해달라고 말해라."

"예, 오고쇼님."

대답한 중신이 급히 밖으로 뛰어나갔다.

잠시 후, 명을 받은 혼다의 부대 5천 명이 남동쪽으로 달렸다.

병력이 떠나는 소리를 들은 도쿠가와 이에야스가 질문했다.

"조선군은 전부 빠져나간 것인가?"

"아닙니다. 부대 하나가 남아 대치중입니다."

"그럼 조선 임금의 장단에 맞춰줘야겠군."

"어떻게 말입니까?"

"가끔 병력을 보내 조선군을 공격하는 거처럼 보이게 만들어라."

"알겠습니다."

대답한 중신이 막사를 서둘러 나갔다.

마지막 남은 중신이 조심스레 물었다.

"조선군이 놈들의 고향에 무사히 돌아가도록 놔두실 겁

니까?"

도쿠가와 이에야스가 고개를 저었다.

"우리는 기다렸다가 잘 익은 열매만 맛있게 따먹으면 그만이다."

"예?"

도쿠가와 이에야스가 고개를 돌렸다.

"자네도 오사카성에 있었지?"

"오고쇼님이 오사카성 니노마루에서 업무를 볼 때 있었습니다."

"그럼 오사카성의 구조를 잘 알겠군. 오사카성은 호락호락한 성이 아니다. 히데요시가 자신의 막부를 세울 목적으로 인력과 재력을 총동원해 쌓은 성이지. 철옹성이나 마찬가지야."

중신이 거들었다.

"해자가 아주 인상적이었습니다."

"맞다. 게다가 해자가 하나 더 있지. 성루 역시 견고하고. 오사카성이 아니었다면 진작에 도요토미 잔당을 쓸어버렸을 것이네. 그러나 오사카성에 틀어박혀 있으면 그럴 수가 없단 말이지. 웬만한 각오가 아니고선 공성하기 쉽지 않아."

중신이 반론을 제시했다.

"조선군에는 화포가 있지 않습니까?"

"맞네. 화포가 있으면 해자가 무섭지 않지. 그러나 오사카성도 우리가 조선군을 막을 때 놀고 있던 것 같지는 않더군. 여기저기 사람을 보내 병력을 끌어 모은다는 말을 들었네."

"한데 도요토미를 도와줄 영주들이 있겠습니까? 도요토미의 부하들은 분로쿠, 게이초의 역 때 싹 쓸려나가지 않았습니까? 이시다 미츠나리와 모리가문도 세키가하라 때 정리 당한 마당에 어떤 놈이 감히 도요토미를 도우려들겠습니까?"

중신의 말에 도쿠가와 이에야스가 고개를 저었다.

"그건 하나만 알고 둘은 모르는 걸세."

"예?"

"세키가하라 때 도요토미의 잔당을 전부 죽이지는 못했네. 일부는 살려줄 수밖에 없었지. 지금 그들은 낭인이 되어 각지를 떠돌고 있는데 도요토미가 부르면 즉시 달려갈 것이네."

도쿠가와 이에야스의 말에 중신이 알겠다는 표정을 지었다.

"돈이군요."

"그렇지. 돈이야. 도요토미 히데요시가 죽기 전에 모아둔 재산이 얼만지 아는 사람은 별로 없을 것이네. 엄청난 규모를 자랑하는 오사카성을 황금으로 치장할 정도의 재

력이었지. 만약, 그 재산을 이용해 낭인들을 모은다면 무시하기 어려운 전력이 될 걸세. 조선군은 오사카를 너무 얕보고 있어."

중신이 급히 물었다.

"그럼 오고쇼님은 도요토미가 이길 거라 보십니까?"

그 말에 군선을 접은 도쿠가와 이에야스가 대답했다.

"이겨도 좋고 져도 좋네. 우리에겐 말이야."

"그 말씀은?"

"두 늑대가 부딪쳐서 둘 다 상처를 입는다면 사냥꾼에게 그보다 쉬운 먹잇감이 없는 셈이지. 한 발로 두 마리의 늑대를 잡는 걸세. 이 세상에 그보다 남는 장사가 어디에 있겠는가."

"그렇군요."

"조선군이 이기더라도 상처 입은 늑대일 뿐이네. 그런 몸으로 무사히 빠져나갈 수는 없을 테니 우린 그때가 오기를 기다리기만 하면 되네. 절대 우리 손을 벗어나지 못할 걸세."

도쿠가와 이에야스의 말 대로였다.

오사카성의 실질적인 주인, 요도도노는 히데요시가 남긴 닌자를 풀어 조선군과 도쿠가와군의 싸움을 면밀히 지켜보았다.

요도도노 역시 도쿠가와 이에야스와 생각이 같았다.

쉽게 말해 굿이나 보고 떡이나 먹자는 생각이었다.

도쿠가와 이에야스가 조선군을 막아주면 막아주는 대로 좋은 거고 막아주지 못한다면 또 그것대로 좋았다. 그 중 가장 좋은 것은 둘이 맞붙어 양패구상(兩敗俱傷)하는 것이었다.

그러면 세키가하라에서 패해 지하로 숨어든 도요토미 히데요시의 심복들을 다시 모아 권토중래가 가능하다고 보았다.

다지마에서 속속 들어오는 소식은 요도도노를 기쁘게 하였다.

너무 기뻐서 어깨춤이 절로 날 지경이었다.

조선군이 생각보다 강해 도쿠가와 이에야스가 밀리고 있었다.

교토로 가는 길목을 내어준 것은 아니지만 전투 초반에 차남 유키 히데야스가 조선군의 야간 기습과 유인작전에 말려들어 전사한데 이어, 4남 마쓰다이라 다다요시마저 전사했다.

요도도노는 원수나 다름없는 도쿠가와가문의 불행에 기뻐했다.

그리고 기뻐하는데서 멈추지 않았다.

도쿠가와가문을 몰아내고 도요토미가문을 다시 일으키기 위해서는 실제적인 행동이 필요했다. 문제는 자금과 병력이었다. 두 가지를 갖추지 않으면 이는 공염불에 지나지 않았다.

다행히 오사카성에는 행동으로 나서기 위한 자금이 충분했다.

도요토미 히데요시가 모아놓은 재력이 엄청났던 것이다.

요도도노는 도요토미 히데요시가 모아놓은 재산의 일부를 처분하기로 결정했다. 그녀는 사통(私通)하고 있던 측근 오노 하루나가에게 재산을 주고 병력을 끌어 모으라고 명했다. 또, 군량을 사들이고 무기와 갑옷을 제작하기 시작했다.

긴키뿐 아니라, 왜국 전역에 흩어져있던 도요토미가의 유신들과 낭인들이 속속 도요토미가의 깃발 아래로 모여들었다.

그 중에는 명성이 쟁쟁한 인물들이 많았다.

오사카에 모여든 유신과 낭인의 면면을 살펴본 이들이 왜국에서 가장 재능이 뛰어난 자들은 쇼군 도쿠가와가문이 아니라, 여전히 도요토미를 섬기는 것 같다고 말할 지경이었다.

한편, 이혼은 5사단을 뒤에 남겨 퇴로가 끊기는 것을 막았다.

간신히 완성한 편제가 다시 깨지는 순간이었지만 어쩔 수 없었다. 도쿠가와군이 퇴로를 막아버리면 도망칠 곳이 없었다.

이혼은 도쿠가와 이에야스의 의도를 금세 알아챘다.

그와 오사카성에 있는 도요토미군이 치고받다가 둘 다 힘이 빠지는 순간, 양쪽을 공격해 천하를 쥘 심산이 틀림없었다.

과연 도쿠가와 이에야스다운 생각이었다.

그러나 이혼은 오히려 그게 더 나았다.

뒤에서 도쿠가와 이에야스가, 앞에서 도요토미 히데요리가 각각 공격을 해와 협공당하면 승산이 줄어들 수밖에 없었다.

이혼은 오사카성에 있는 도요토미군에 집중했다.

오사카성이 있는 셋쓰에 도착한 이혼은 수색대를 내보냈다.

수색대의 보고에 따르면 적지 않은 적이 오사카성으로 모여드는 중이었다. 낭인들이 주력이라고 하지만 평범한 낭인은 아니었다. 세키가하라에서 패해 낭인이 되었을 뿐, 그들 모두 히데요시가 살아있을 때는 한가락 하던 자들이었다.

그로부터 얼마 후.

이혼은 마침내 오사카성 앞에 도착했다.

4장. 모의(謀議)

NEO ALTERNATIVE HISTORY FICTION

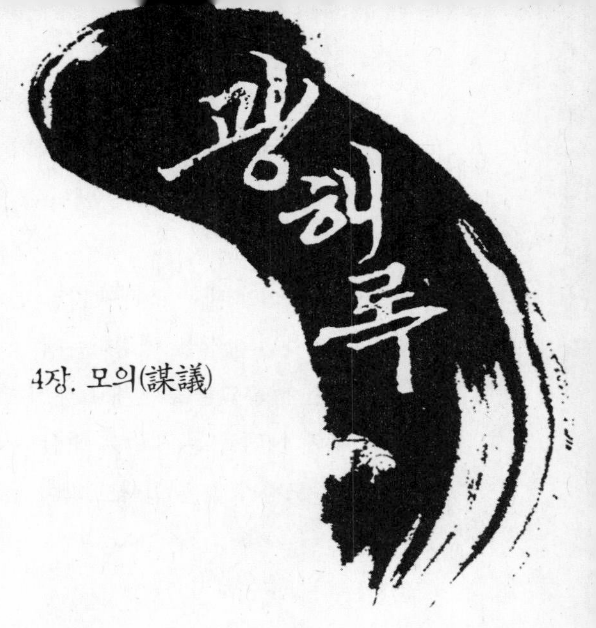

4장. 모의(謀議)

도성 포도청 종사관 이수백(李守白)은 한 달 전, 한강 남쪽 압구정 인근 폐가에서 거사를 주모한 주모자와 몰래 만났다.

면담에서 거사의 진행을 서두르란 지시를 받은 이수백은 자신이 근무하는 포도청에 휴직을 청했다. 사유는 병가였다.

물론, 진짜로 병이 들어 휴직을 청한 것은 아니었다.

거사가 멀지 않은지라, 그 일에 전념하기 위한 목적이 강했다.

그가 거사에서 맡은 임무는 포섭과 조직의 구성이었다.

도성 조직은 주모자가 직접 관리하기에, 그는 하삼도와 북방의 일을 주로 맡았다. 북방에서 세를 모으는 일은 쉬웠다.

그쪽에는 왕실에 대한 불만이 많았다.

임진과 정유년의 난을 평정하는데 북방출신 장병의 힘이 가장 컸음에도 그들을 제대로 대접해주지 않는다는 거였다. 전후에 혜택을 본 사람은 하삼도 쪽이 북방보다 많았다. 또, 주모자가 쌓은 인맥도 많아 세를 모으기가 수월했다.

문제는 하삼도였다.

하삼도는 이혼이 재위하는 동안, 여러 차례 반란을 모의했었는데 그때마다 이혼의 근위군에 토벌당하는 불운을 겪었다.

그러다보니 이혼에게 불만이 있는 자들은 죽거나, 다른 고장으로 도망쳤다. 또, 군의 전력이 다른 지역에 비해 괜찮은 편인지라, 하삼도에서 반란을 일으키기는 이제 쉽지 않았다.

한데 이번에 돌파구가 생겼다. 군이 강력해 반란을 일으키기가 어렵다면 그 군 안에 반란세력을 조직하는 계획이었다. 조선에는 반란군으로 돌아선 군을 제어할 수단이 마땅치 않았다. 그래서 이것이야말로 완벽한 계획이라 할 수 있었다.

물론, 이수백이 만든 돌파구는 아니었다.

이 모두 주모자가 백방으로 나서서 만든 결과였다.

"하여튼 대단한 사람이야."

주모자의 살벌한 눈빛을 떠올린 이수백은 고개를 절래 저었다.

그는 평생 다른 사람을 보고 겁을 먹어본 적이 없었다.

한데 그는 달랐다.

그의 눈빛에는 불쾌하고 진득한 살기가 가득했다.

주변 사람들에게 고향에 내려가 요양하겠다고 말한 이수백은 바로 하삼도를 향해 출발했다. 그가 가장 먼저 들른 곳은 충청도였다. 충청도는 충청사단이 관리했다. 충청도 포도청이 있긴 하지만 도둑이나 잡는 곳이지 반란을 막을 힘은 없었다. 이수백은 충청사단 사령부가 있는 청주를 찾았다.

충청사단 사단장은 영규였다.

영규라는 이름, 아니 법명에서 알 수 있듯 원래는 불제자였으나 스승 서산대사의 격문을 받고 앞장서 승병을 일으켰다.

같은 의병장이었던 조헌 등과 연합해 공을 몇 차례 세웠는데 그때 이혼에게 발탁되어 충청사단의 사단장에 이르렀다.

전후, 영규는 이혼에게 사직상소를 올렸다.

자신은 이만 수양하던 절로 돌아가 그가 그동안 살생한 원혼에게 사죄하며 원적하고 싶다는 뜻을 간곡히 전한 것이다.

그러나 이혼은 그 청을 들어주지 않았다.

충청도 백성들이 영규를 존경하는지라, 그가 빠지면 충청도 민심이 이반할 위험이 있어 최대한 잡아두려는 생각이었다.

이혼은 그 대신 영규에게 일 년에 세 번씩 보름동안 계룡산 갑사에 들어가 참회의 불공을 드릴 수 있도록 조치해 주었다.

영규가 원하는 결과는 아니었지만 어쨌든 공무를 피해 참선할 수 있는 길이 열린지라, 울며 겨자 먹기로 받아들였다.

이수백이 청주에 도착했을 때는 마침 영규가 불공을 드리기 위해 계룡산 갑사에 가있던 시점이었다. 기간은 보름이지만 오고가는 시간을 다 합치면 20일 가까이 없는 셈이었다.

영규가 없는 동안에는 부사단장 이정란(李廷鸞)이 충청사단을 지휘했는데 이정란 역시 영규와 마찬가지로 능력이 출중한 인물인지라, 충청사단 내에 반란을 일으킬 여지가 없었다.

그러나 하늘은 이수백의 손을 들어주었다.

그 이정란이 군 시설 시찰도중 낙마해 중상을 입은 것이다.

현재 충청사단은 지휘할 사람이 마땅치 않은 관계로, 계룡산 갑사에 급히 사람을 보내 영규를 다시 청해오는 중이었다.

그 날 저녁 이수백은 충청사단 1연대장 한옥(韓玉)을 찾았다.

1연대가 지켜야하는 곳이 청주를 포함한 충청도 남동쪽인지라, 청주성 안에 집이 있는 게 별로 이상한 일은 아니었다.

이수백이 집으로 찾아갔을 때 한옥은 마침 집에 있었다.

한잔 거나하게 걸치는 중이었는지 입에서 술 냄새가 풍겼다.

이수백을 본 한옥이 기뻐하며 얼른 자리를 청했다.

"도성에서 누가 내려올 거란 말은 들었지만 그게 이장군일 줄은 몰랐소이다. 이게 대체 얼마 만이오? 2년 전에 잠깐 보고 처음인 것 같은데 장군은 어째 변한 게 없는 것 같소."

한옥의 말에 이수백이 껄껄 웃었다.

"내가 보기엔 한장군 역시 변한 게 없는 것 같소이다."

그 말에 한옥이 쓴웃음을 지었다.

"내 주제에 장군은 무슨."

그러더니 대접에 든 독주를 단숨에 들이켰다.

대낮부터 술을 퍼먹는 것을 보면 무언가 일인 생긴 듯했다.

이수백이 조심스레 물었다.

"무슨 일이 있었소?"

"있기야 있지."

"벌건 대낮에 독주를 마실 정도의 일이오?"

그 말에 한옥의 입가가 잔뜩 비틀렸다.

"사단 사령부의 소식은 들었소?"

"부사단장이 낙마해 다리가 절단 났다는 소식 말이오?"

"그것도 그렇지만 그게 다는 아니오."

"그럼 영규장군이 지휘권 인계를 위해 계룡산 갑사에서 급히 올라오는 중이란 소식 때문에 속상해서 술을 퍼먹던 거요?"

이수백의 말에 한옥이 고개를 끄덕였다.

"그 중놈은 갑사에서 계속 불공이나 드릴 일이지, 뭐 하러 기어 올라오는지 모르겠소. 중놈이 권력 맛을 한 번 보더니 끊을 수가 없나 보구려. 그 중놈은 겉으론 득도한 거처럼 행동하지만 그 뱃속에 뭐가 들어있을지 누가 짐작하겠소."

주위를 둘러본 이수백이 목소리를 낮췄다.

"듣는 사람이 있을 수도 있는데 너무 심한 게 아니오."

"흥, 들으라면 들으라지."

한옥은 다시 대접에 술을 가득 부어 퍼마셨다.

그 모습을 본 이수백은 한옥의 불만이 뭔지 바로 알아냈다.

군은 지휘권이 중요했다.

지휘권에 공백이 생기면 그 부대는 공중에 떠버리는 것이다.

그래서 유사시에 대비한 지휘권 이양(移讓)서열이 정해져있었는데 사단장 없을 때는 부사단장이, 그리고 부사단장이 부재할 시에는 1연대장이 맡기로 되어 있었다. 그러나 낙마해 요양 중인 부사단장 이정란은 정신을 잃기 전에 측근을 불러 명하길 1연대장 한옥은 평소에 술을 자주 마셔 무슨 짓을 저지를지 모르니 갑사에 있는 사단장 영규에게 빨리 연통을 넣으라 하였다. 한옥을 믿을 수 없다는 뜻이었다.

한옥은 그 일로 삐쳐 근무시간에 술을 먹고 있었던 것이다.

어찌 보면 이정란의 사람 보는 눈이 정확하다는 뜻일 것이다. 그만한 일로 삐쳐 술을 먹는 자에게 사단을 맡길 수 없는 게 당연하다. 그러나 어쨌든 이수백에겐 좋은 기회였다.

이수백은 은근한 어조로 거사에 가담할 것을 청했다. 만취한 한옥은 이수백의 사탕발림에 넘어가 그 자리에서 승낙했다.

이수백은 한옥이 정신을 차리기 전에 연판장을 내밀었다. 그리고 연판장에 이름을 쓰고 도장을 찍게 했다. 다음날, 한옥은 자신이 무슨 짓을 저질렀는지 알았지만 이미 역모에 한 발 걸친 상황이었다. 이수백이 저 연판장을 공개해 버리면 그는 가족과 함께 멸문지화를 당할 수밖에 없었다.

이수백은 그렇게 교묘한 방법으로 충청사단 내에 자신의 세력을 구축했다. 한옥은 살기 위해 부하들을 포섭해야 할 것이다. 거사에 실패해도 멸문지화당하기는 마찬가지이니까.

이수백의 다음 목표는 경상사단이었다.

경상사단은 원래 곽재우, 조종도 등을 따르는 경상도 의병이 주축을 이루었지만 곽재우는 부상을 입어 계속 요양 중이었고 조종도는 은퇴해 신진세력이 사단 지휘부를 차지했다.

이수백은 처음에 안면이 있던 사단장 곽준을 찾아볼까 하는 생각도 들었지만 이내 고개를 저었다. 곽준은 쉽게 흔들리지 않을 사람이었다. 그러나 경상사단의 모든 장교들이 곽준처럼 광명정대하지는 않았다. 특히, 젊은 장교 중에는 야심이 있는 자들이 적지 않았다. 이수백이 주목한 사람은 그 중 신상연(申尙淵)이란 장교였다. 거사의 주동자가 은밀히 연통을 넣었던 자로, 경상사단 안에서 젊은 장교들의 좌장과 같은 역할을 하고 있었다. 더욱이 그의 현재 직책은 사단장 부관이었다. 즉, 사단장 곽준에게 신임을 받고 있는지라, 그를 포섭할 수 있다면 큰 힘이 될 터였다.

이수백은 밤에 신상연을 찾아가 회유했다.

그는 이미 거사 주모자에게 연락을 받은지라, 주저 없이 이수백이 내민 연판장에 서명했다. 이 연판장은 거사 참여자들의 단결력을 증명하는 서류가 아니라, 배신하지 못하도록 하는 서류에 더 가까웠다. 그런데도 신상연은 서명했다. 한옥은 술에 취해있었지만 그는 맨 정신인 상태로 서명했다.

이수백이 물었다.

"계획은 있소?"

신상연이 히죽거리며 대답했다.

"거사 날이 되면 사단장부터 없앨 생각입니다."

"흐음."

"그는 날 아주 신임하니 전혀 의심하지 못할 겁니다."

"그렇군."

이수백은 신상연을 보며 등골이 서늘해지는 느낌을 받았다.

이런 자는 곁에 두면 위험했다.

그러나 거사 자체가 결국 위험을 동반하는 일이었다.

필요악처럼 그들에게 꼭 필요한 자이기도 한 것이다.

이수백은 경상도를 나와 전라도로 넘어갔다.

전라도는 전라사단이 지켰는데 전라사단은 현재 사단장 김시민이 연대 두 개를 데리고 큐슈에 들어가 있는 상황이었다.

그래서 잔류한 병력을 부사단장 처영이 지휘했다.

이수백은 전라사단 안에 끄나풀을 만들기 위해 백방으로 노력했지만 부사단장 처영의 감시와 경계가 심해 실패했다.

유일한 방법은 처영을 암살한 다음, 지휘권에 공백이 생기는 틈을 이용하는 것인데 그마저도 쉽지 않은 게 사실이었다.

이수백은 도성에 있는 거사 주모자와 계속 대화를 나누었다.

주모자 역시 전라사단이 쉽지 않다는 것을 인정했다.

결국, 전라사단을 포기한 이수백은 그 다음 행선지로 출발했다.

바로 근처에 있는 수군이었다.

이수백은 거사 주모자의 인맥을 이용해 경상수영과 전라수영 두 곳에 접근했다. 그리고 만족할 만한 성과를 이뤄냈다.

이번 역모는 전과 달랐다.

군이 주력인지라, 그 어느 때보다도 위험한 상황이었다.

반란이 일어나면 군이 막아야하는데 그 군이 포섭당한 것이다.

원래 군이 반란을 일으키면 근위군이 진압하는 게 계획이었다.

한데 근위군이 왜국 원정을 나가있는지라, 그들을 막을 수단이 없었다. 조선의 운명은 이제 풍전등화(風前燈火)에 놓였다.

***

이혼은 오사카성을 바라보았다.

요도가와강 너머에 있는 오사카성이 육중한 모습을 드러냈다.

망치소리가 끊임없이 들려오는 걸 봐서는 개축 중인 듯했다.

이혼은 국정원 간부를 불렀다.

잠시 후, 이혼이 도착한 간부에게 물었다.

"적이 얼마나 모였는가?"

"영지를 지키는 도요토미의 기존 병력 3만에 낭인 3만을 더해 근 6만에 달하옵니다. 이것도 추정치일 뿐이고 시간이 지날수록 더 늘어날 것이라는 게 국정원의 예측이옵니다."

"새로 합류한 적장의 신상명세는 파악했는가?"

"예, 전하. 왜국에 이름이 알려져 있는 적장만 따지더라도 다치바나 무네시게, 사나다 마사유키, 노부시게부자, 쵸소카베 모리치카, 고토 마타베에, 아카시 테루즈미 등이 옵니다."

이혼의 눈가가 가늘어졌다.

"다치바나 무네시게란 말이지."

"그렇사옵니다."

간부가 틀림없다는 얼굴로 고개를 끄덕였다.

다치바나 무네시게는 임진왜란 때 이혼이 여러 번 맞붙었던 자인데 상대하기가 아주 까다로웠다. 만약, 당시에 운이 조금 나빴다면 이혼은 지금 이 자리에 서있지 못했을 것이다.

도쿠가와 이에야스도 다치바나 무네시게의 능력을 인정해 여러 차례 회유했으나 그는 결국 죽은 히데요시와의 의리를 지켰다. 세키가하라 때는 당연히 서군 쪽에 섰으며 패한 후에는 목숨을 건졌으나 가지고 있던 영지가 개역 당했다.

영지를 잃고 나서는 낭인으로 이곳저곳을 떠돌았다.

요도도노의 지시를 받은 도요토미 히데요리가 그에게 사람을 보내 청했을 때는 두말 않고 바로 오사카성으로 달려왔다.

이혼은 오사카성 공략을 위해 먼저 지도부터 펼쳤다.

그러나 차라리 펴지 않은 게 좋을 뻔했다.

오사카성 북쪽에는 요도가와강이 흘렀다.

즉, 요도가와강을 건너지 못하면 오사카성 공략이 불가능했다.

지형이 괜찮은 곳은 동쪽과 남쪽이었는데 이는 위치상 좋지 못했다. 북서쪽이 막히면 말 그대로 도망칠 곳이 없었다.

"죽으나, 사나 북쪽의 강을 건너는 수밖에 없겠군."

이혼의 말에 도원수 권율이 고개를 끄덕였다.

"근위군 공병대의 실력이 좋으니 믿어보시옵소서."

"엄호를 확실하게 해야 하오."

근위군 사령관 권응수가 대꾸했다.

"포병을 대규모로 전개시켜 공병의 몸에 손가락 하나 대지 못하게 하겠사옵니다. 강이 넓지 않으니 충분히 가능하옵니다."

이혼은 장수들과 요도가와강을 도하하기 위한 작전을 세웠다.

작전수립이 거의 끝나갈 때였다.

군막 밖이 소란스러워지더니 근위군 참모가 급히 들어왔다.

"적이 후방을 기습해왔습니다!"

그 말에 권율이 벌떡 일어나 물었다.

"지금 누가 막고 있느냐?"

"3사단이 급히 기동해 틀어막고 있습니다!"

"적의 숫자는?"

"보고가 엇갈린 통에 장담할 수는 없지만 수천은 넘을 것 같습니다. 3사단에서 사령부에 긴급지원을 요청해왔습니다."

그 말에 이혼이 권응수 쪽으로 고개를 돌렸다.

"사령관이 알아서 처리하시오."

"예, 전하."

권응수는 바로 근처에 있는 2사단 병력을 보내 이를 막았다.

전투는 그 날 저녁 무렵에 끝났다.

아군의 피해는 그리 크지 않았지만 지금부턴 후방 경계도 강화해야하는지라, 전방에 투입할 병력의 수가 줄어들었다.

알아보니 기습해온 적장은 사나다 노부시게란 자였다.

우에다성의 전 성주 사나다 마사유키의 차남이었는데 사나다 유키무라란 이름으로 더 유명했다. 용맹이 아주 대단해 3사단은 한때 김덕령이 있는 사단사령부까지 돌파당했다.

이혼은 지도를 보다가 후방 몇 곳을 가리켰다.

“이곳과 이곳, 그리고 이곳에 용조와 용염을 설치하시오. 그리고 용조로 부족한 지역에는 가져온 능철(菱鐵)을 설치하시오.”

“예!”

권응수는 이혼의 지시를 바로 수행했다.

적이 후방기습해올 만한 장소에 용조와 용염을 세밀히 깔았다.

화약이야 아까울 게 없었다.

지금 중요한 것은 병력이었다.

병력 손실을 줄일 수 있다면 화약은 얼마든지 쓸 수 있었다.

용조와 용염이 부족한 지역에는 능철을 깔았다.

능철은 마름쇠였다.

마치 불가사리처럼 뾰족한 못이 튀어나와있는데 이를 밟으면 아무리 두꺼운 신발을 신었어도 못에 찔릴 확률이 높았다.

마름쇠의 효과는 크게 세 가지였다.

하나는 적의 이동을 방해하는 효과였다.

마름쇠에 찔려 발바닥에 상처가 생기면 당연히 이동에 제약이 생길 수밖에 없었다. 두 번째 효과는 전열 이탈이었다.

부상병 한 명을 후방으로 옮기기 위해선 최소 한 명, 많게는 두 명이 필요했다. 즉, 한 명을 부상시켜 최대 세 명의 적을 전열에서 이탈시키는 것이다. 세 번째 효과는 감염이었다. 파상풍에 대한 개념이 없을 시절이니 못에 찔리면 병에 걸릴 위험이 높았다. 부상을 치료해도 낫지 않는 것이다.

이혼은 공병대장을 불러 강에 다리를 만들라 지시했다.

요도가와강에는 원래 강을 건너기 위해 만든 다리가 세 개 있었지만 다리 너머에 적의 대군이 있어 돌파가 쉽지 않았다.

좁은 다리로 진격하다가는 몰살당하기 십상이었다.

그런 이유로 이혼은 그나마 안전한 곳에 다리를 설치할 생각이었다. 다행히 이런 상황이 올 줄 예측한 근위군 공병대대는 그 동안 배를 이용해 다리 만드는 훈련을 계속 해왔다.

다리를 받치는 배는 강 근처에서 징발했다.

공병대대가 작업을 시작함과 동시에 포병이 앞으로 전개했다.

그리고 강 너머에 있는 적에게 포탄을 쏟아 부었다.

이혼이 이번에 데려온 포병여단은 총 60문의 대룡포를 운용했다. 그야말로 엄청난 양이어서 교대사격이 충분히 가능했다. 대룡포의 장전속도 역시 빨라져 비는 틈이 거의 없었다.

펑펑펑!

대룡포의 포구를 떠난 포탄이 요도가와강을 지나 적의 진채 위에 떨어졌다. 폭발형 포탄인 신용란의 위력은 대단했다.

한번 떨어지면 그 주위 3, 4미터에 있는 것은 그게 무엇이든지 간에 살아남지 못했다. 그리고 반경 10미터 안에 있는 적은 치명적인 부상을 입을 확률이 거의 5할에 가까웠다.

포병여단은 그날 저녁에만 100여 발의 신용란을 쏟아부었다.

이는 탄막(彈幕)을 치는 효과와 같아 적이 다리를 만드는 공병을 건드리지 못했다. 조총이나, 활로 쏘려 해도 신용란이 만든 탄막을 뚫지 못해 실패했다. 가끔 용감한 자들이 강변까지 내려와 공병을 공격했으나 곧 포탄에 전멸당했다.

순식간에 닷새가 흘렀다.

공병대가 강에 설치할 다리를 8할 정도 완성했을 무렵.

도요토미군이 먼저 자신들의 전략을 바꾸었다.

도요토미군이 처음 세운 전략은 오사카성의 수성이었다.

강과 해자를 이어 만든 바깥 해자 안쪽에서 조선군의 진입을 차단하는 전략이었다. 한데 이 작전은 먹혀들지 않았다.

조선군이 화포를 이용해 포격해왔던 것이다.

도요토미군 중 대다수는 화포가 어떻다는 말만 들었지 실제로 겪어 본 것은 이번이 처음이었다. 그들은 바깥 해자가 그들을 안전하게 보호해줄 거라 믿었지만 대룡포 앞에선 무용지물이었다. 이렇게 가다간 다리는 다리대로 완성되고 포격은 포격대로 맞아 활동반경이 줄어들 수밖에 없었다.

결국, 도요토미군의 여론은 두 개로 나뉘었다.

하나는 요도도노 쪽이 주장하는 농성이었다.

농성하다보면 군량이 부족한 조선군이 먼저 무너질 거란 계산이었다. 이는 도요토미군이 확보한 군량이 많다는 점에서 힘을 받았다. 오사카는 물자가 이동하는 요충지여서 무기와 군량을 사들이기 편했다. 실제로 도요토미 히데요시가 남겨둔 재산으로 몇 달치 무기와 군량을 미리 사들였다.

도요토미군이 사들인 군량이 얼마나 많은지, 막부군을 이끄는 도쿠가와 이야에스마저 간토에 급히 지원을 청해야했다.

그러나 모든 적장이 농성을 주장하는 것은 아니었다.

도요토미군 안에는 선공을 주장하는 주전파가 있었다.

그들은 오사카성에 갇혀 있으면 결국 조선군의 막강한 화포에 당할 거란 생각이었다. 그래서 먼저 공격하자고 주장했다.

주전파를 대표하는 사람은 사나다부자와 쵸소카베 모리치카 등이었다. 다치바나 무네시게는 별다른 의견을 표명하지 않았다. 결국, 농성파와 주전파가 치열하게 다투기 시작했다.

이는 도요토미군을 한데 뭉치지 못하게 만드는 원인으로 작용했는데 그들의 태생을 볼 때 이는 어쩔 수 없는 일이었다.

이번에 도요토미가문이 모은 낭인들은 도요토미 히데요시에게 은혜를 갚기 위해 싸우는 게 아니었다. 물론, 다치바나 무네시게 등이 있기는 했지만 이는 일부에만 해당되었다.

낭인들은 돈을 벌기 위해, 아니면 빼앗긴 영지를 되찾기 위해, 또 그것도 아니면 단순히 유명세를 떨치기 위해 도요토미의 초청을 수락했다. 그래서 기세가 좋고 병력은 많을지 모르지만 통솔은 제대로 되지 않았다. 사나다부자 중 아버지인 사나다 마사유키와 요도도노가 신임하는 중신 오노 하루나가 두 명이 군을 통솔하긴 했지만 잘 통하지 않았다.

결국, 도요토미군은 같은 목적을 위해 싸우는 두 개의 파벌로 나뉘었다. 요도도노는 농성을, 사나다 마사유키는 전투를 택했다. 사나다 마사유키가 지휘하는 4만 병력은 요도가와강을 직접 건너거나, 아니면 남쪽과 동쪽으로 우회해 북쪽에 자리 잡은 이혼의 조선군을 먼저 공격하기 시작했다.

오사카대첩의 본격적인 시작이었다.

사나다 마사유키는 별동대를 보내 조선군 후방을 교란시켰다.

군략으로 이름난 사람답게 첫수부터 교란작전을 펼쳤다.

적 별동대의 기습은 바람처럼 빠르고 천둥처럼 갑작스러웠다.

후방을 맡은 3사단장 김덕령은 방어병력에게 후퇴를 지시했다.

3사단 병력이 요도가와강 쪽으로 후퇴하는 사이.

별동대를 지휘하는 적장 고토 마토베에가 맹렬히 진격했다.

조총의 총성이 허공을 갈랐다.

그리고 화살 수백 대가 메뚜기 떼처럼 날아들었다.

3사단 선봉은 이를 어떻게든 막아보려 했으나 고토 마토베에가 지휘하는 별동대의 엄청난 돌격에 속절없이 밀려났다.

그러나 이는 사실 조선군의 계략이었다.

며칠 전, 적장 사나다 노부시게가 후방기습을 해와 병력 손해를 꽤 본 조선군은 이에 대한 준비를 철저히 해둔 상태였다.

적을 깊숙이 끌어들인 김덕령이 손짓했다.

그러자 대기하던 폭파병이 용염에 불을 붙였다.

고토 마토베에는 조선군과 많이 겨루어본 다치바나 무네시게에게 용염에 대해 들었는지 부하들에게 퇴각을 지시했다.

조선군의 화기 위력이 만만치 않다는 말을 사전에 들었으리라.

이혼의 진채가 가까운 곳에 있어, 전공에 대한 욕심이 날 법도 한데 퇴각을 명한 것을 보면 판단이 정확한 장수였다.

그러나 용염을 완벽히 피하지는 못했다.

펑펑펑!

용염의 폭발범위에 있던 적 별동대 후위가 휘말려 들어갔다.

용염이 터지며 비산한 쇳조각과 쇠구슬이 적의 몸을 꿰뚫었다.

여기저기서 비명과 신음소리가 들려왔다.

고토 마토베에는 지금 가는 길로 퇴각해선 용염을 피하기 힘들 거라 생각했다. 용염이 깔린 방향이 아주 교묘해 그쪽으로 퇴각하는 순간, 피해를 고스란히 받을 수밖에 없었다.

"북동쪽으로 퇴각해라!"

고토 마토베에의 지시에 병사들이 북동쪽으로 달려갔다.

그러나 이 역시 조선군의 함정이었다.

용염은 양떼를 우리 쪽으로 모는 목양견(牧羊犬)에 불과했다.

양이 우리에 들어서는 순간.

발밑에 매설해둔 용조가 터지기 시작했다.

왜군은 보이지 않는 곳에서 터지는 용조에 당황했다.

용조 위에 흙을 덮어놓아 어디에 용조가 매설되어 있는지 알기 어려웠다. 왜군은 그야말로 사지를 걸어가는 심정이었다.

용조지대를 벗어났다고 생각하는 순간.

이번에는 마름쇠가 왜군의 발목을 잡았다.

"아악!"

여기저기서 왜군이 비명을 지르며 나자빠졌다.

마름쇠의 날카로운 부분이 신발 밑창을 꿰뚫은 것이다.

장수나, 사무라이들은 몰라도 갑옷을 제대로 갖추기 힘

든 일반 병사들에게 조선이 사용한 마름쇠는 치명적인 무기였다.

도망치던 고토 마토베에가 뒤로 돌아섰다.

체구가 워낙 큰지라, 마치 작은 산 하나가 돌아서는 듯했다.

고토 마토베에는 별동대로 데려온 부하 중에 살아서 돌아갈 수 있는 부하가 얼마나 있나 계산해보았다. 이런 식으로 가다간 조선군과 제대로 싸워보기도 전에 전멸할 판이었다.

계산해본 결과, 그들에게는 승산이 전혀 없었다.

도망칠수록 오히려 피해가 기하급수적으로 느는 상황이었다.

차라리 적과 맞붙어 싸우다가 죽는 게 나을 판이었다.

고토 마토베에가 창을 위로 치켜 올렸다.

"모두 나를 따르라!"

소리친 고토 마토베에는 말배를 후려친 다음, 조선군 진채로 돌격했다. 그 뒤를 별동대가 따르니 기세가 만만치 않았다.

이렇게 되니 오히려 당황하는 쪽은 3사단이었다.

고토 마토베에가 퇴각할 거라 예상해 안심하는 찰나.

돌아선 적이 오히려 전보다 맹렬한 공격을 가해오기 시작했다.

조총의 총성이 어지럽게 울리는 순간.

3사단 앞 열이 순식간에 허물어졌다.

"뭣들 하느냐! 어서 용아로 반격해라!"

김덕령의 외침에 머리를 바닥에 박고 있던 병사들이 일어섰다.

탕탕탕!

용아는 용아였다.

달려오던 적 수십 명이 그대로 땅바닥을 굴렀다.

그러나 적은 멈추지 않았다.

어차피 희생을 감수한 공격이었다.

수백 명을 희생해가며 접근한 적이 총공격을 가했다.

고토 마토베에 역시 직접 창을 꼬나 쥐고 백병전에 참여했다.

고토 마토베에의 체구가 워낙 커 쉽게 눈에 띄었다.

근처에 있는 다른 병사들에 비해 머리 하나가 더 있는 듯했다.

백병전은 저들이 원하는 바였다.

전투가 백병전으로 흐르면 화기가 무용지물로 변했다.

화기를 잘못 사용하면 아군이 다칠 수 있어 자제가 필요했다.

김덕령은 고토 마토베에를 유심히 지켜보았다.

커다란 체구에 맞게 힘으로 조선군을 압도하고 있었다.

조선군 병사들 역시 체격이 좋았지만 마토베에정돈 아니었다.

마토베에가 찌른 창이 조선군 병사의 가슴을 찔렀다.

방탄조끼를 입고 있어 관통은 면했지만 그 힘에 나가떨어졌다.

마토베에는 육중한 몸을 번개처럼 놀려 쓰러진 조선군의 목에 창을 다시 찔러 넣었다. 피가 솟구치며 갑옷이 얼룩졌다.

탕!

누가 용아를 쏘았는지 마토베에의 몸이 움찔했다.

그러나 그를 쓰러트리진 못했다.

남보다 두꺼운 몸통갑옷이 그의 목숨을 한차례 구해주었다.

돌아선 마토베에가 창을 휘둘렀다.

콰직!

창대에 목을 맞은 조선군 병사가 옆으로 날아갔다.

뼈가 부러졌는지 손가락하나 까딱하지 못했다.

신이 난 마토베에가 조선군 사이에 파고들어 창을 찔러갔다.

그의 창에 걸리면 살아남기 어려웠다.

마치 양떼우리 속에 늑대가 뛰어든 듯했다.

마토베에의 분전에 힘을 얻은 왜군이 공세를 강화했다.

이대로 전투가 이어지면 3사단이 불리했다.

김덕령은 몇 번이고 직접 달려가 마토베에는 상대하려 했지만 사단 참모들이 말려 그만두었다. 이제 그는 사단 지휘관이었다. 옛날처럼 적장과 겨루기엔 위험부담이 너무 컸다.

"이 놈!"

그때, 3사단 장교 하나가 고함을 치며 마토베에에게 달려갔다.

김덕령이 장교를 가리키며 물었다.

"누군가?"

참모 하나가 대답했다.

"1연대 2대대 3중대장 홍표(洪彪)인 것 같습니다."

홍표 역시 마토베에만큼 체구가 큰 사내였다.

솥뚜껑 같은 손에는 착검한 용아가 들려있었다.

홍표는 부하를 창으로 찔러 죽인 마토베에에게 달려들었다.

마토베에 역시 홍표의 체구가 큰 것을 보더니 자세를 고쳐 잡았다. 홍표는 손에 쥔 용아를 마치 막대기처럼 찔러갔다.

마토베에도 마주 창을 찔러갔다.

카앙!

불똥이 튀며 홍표의 총검이 밑으로 가라앉았다.

일합으로 우위를 점한 마토베에가 창을 섬전처럼 찔러왔다.

홍표는 뒤로 물러서며 상대의 창을 피했으나 마토베에는 마치 예상했다는 거처럼 더 접근해 창을 다시 한 번 찔러왔다.

푹!

마토베에의 창이 홍표의 허벅지를 찔렀다.

대동맥이 찢어졌는지 피가 군복 밖으로 솟구쳤다.

홍표의 얼굴이 와락 일그러졌다.

그러나 그는 피하지 않았다.

중상을 입은 홍표가 먼저 마토베에를 향해 몸을 날렸다.

쿵!

홍표의 어깨에 가슴을 들이받힌 마토베에가 바닥에 쓰러졌다.

마치 황소에 받힌 거목이 기우뚱거리다가 쓰러지는 듯했다.

마토베에는 우악스런 손아귀로 홍표를 떼어내려 했다.

그러나 홍표는 죽어도 놓칠 수 없다는 듯 깍지를 꼈다.

홍표가 뒤를 돌아보며 소리쳤다.

"빨리 나를 쏴라! 그러면 이 놈도 죽일 수 있다!"

그 말에 주춤거리며 다가오던 조선군 병사들이 화들짝 놀랐다.

홍표가 다시 한 번 소리쳤다.

"내, 내가 힘이 빠지기 전에 어, 어서 나를 쏴라!"

홍표의 말 대로였다.

그의 몸에서 힘이 점점 빠져나가고 있었다.

오래 버티기 힘든 상태였다.

허벅지 상처에서 흘러나오는 피가 웅덩이를 이루었다.

다른 이였으면 과다출혈로 이미 의식을 잃었을 상황이었다.

홍표가 부하들을 향해 마지막으로 당부했다.

"어, 어서 나, 나를……. 이, 이 기회를 놓치지 마라……."

홍표의 부하들은 눈물을 흘리며 방아쇠를 당겼다.

탕탕탕탕!

용아의 총성 수십 발이 들렸다.

잠시 멈칫한 홍표가 그대로 몸을 떨구었다.

홍표의 부하들이 달려가 홍표를 떼어냈다.

홍표의 몸이 워낙 무거워 두세 명이 힘을 합쳐야했다.

"중대장님!"

부하들이 홍표를 흔들었지만 이미 절명한 후였다.

홍표의 시신을 한쪽으로 치운 병사들이 고토 마토베에를 살폈다. 그러나 고토 마토베에가 워낙 괴물 같은 모습을 보여준지라, 쉽게 다가서지 못했다. 담이 큰 병사 하나가 총검으로 허벅지를 찔러본 후에야 다들 달려들어 발로 밟았다.

그들에게 고토 마토베에는 원수와 다름없었다.

김덕령은 고토 마토베에가 죽으면 왜군이 무너질 거라 보았다.

그러나 아니었다.

오히려 고토 마토베에의 복수를 위해 더 맹렬히 공격해 왔다.

정처 없이 떠돌던 낭인에게도 의리가 있었던 것이다.

3사단과 왜군 별동대 사이에 다시 치열한 전투가 펼쳐졌다.

3사단도 최선을 다해 싸웠고 별동대도 죽기 살기로 싸웠다. 두 부대가 싸워 흘러내린 피가 녹색 대지를 붉게 물들였다.

그러나 결국 승자는 3사단이었다.

3사단은 용아와 죽폭, 연폭으로 적을 매섭게 몰아갔다.

적의 저항이 만만치 않을 때는 지원화기대대를 불러 공격했다.

화차와 소완구, 용두 등 중무기가 총동원되었다.

전멸하기 전까지 저항할 거처럼 보이던 적이 점차 물러섰다.

적은 퇴각하기 전에 고토 마토베에의 시신을 옮겨가려 하였다.

조선군도 일부러 방해하진 않았는데 문제는 고토 마토베에에 있었다. 너무 무거워 시신을 옮기는 일도 만만치 않았다.

결국, 고토 마토베에의 수급을 잘라 머리만 가져가기로 하였는데 왜국과 조선의 문화가 다름을 보여주는 광경일 것이다.

도요토미군의 별동대는 패했지만 맡은 일은 성공한 셈이었다.

별동대의 목적은 처음부터 3사단을 후방에 잡아두는데 있었다.

도요토미군 3만 병력이 요도가와강에 있는 세 개의 다리를 건너 북쪽으로 넘어왔다. 그리고 본격적인 공세에 나섰다.

도요토미군의 주력은 사나다 마사유키, 사나다 노부유키부자가 지휘하는 1만5천 병력이었다. 또, 도요토미군은 좌측에 모리 카츠나가의 7천을, 우측에 쵸소카베 모리치카의 7천을 보내 가운데 있는 사나다부자의 주력군을 돕도록 하였다.

이혼은 이에 발맞춰 포병을 뒤로 후퇴시키는 한편, 1사단과 2사단을 좌우로 넓게 퍼트려 도요토미군의 공격을 방어했다.

고토 마토베에의 선공으로 시작된 전투가 점점 고조되어갔다.

NEO ALTERNATIVE HISTORY FICTION

5장. 사활(死活)

5장. 사활(死活)

요도가와강에 형성된 세 곳의 전장 중 가장 먼저 양측 병력이 부딪친 쪽은 2사단과 모리 카츠나가가 붙은 좌측이었다.

2사단 뒤로 후퇴한 포병여단의 포격으로 전투는 시작되었다.

펑펑펑!

달아오른 포신은 열기를 채 식힐 새도 없이 포탄을 토해냈다.

허공을 가른 신용란이 유성처럼 쏟아져 내렸다.

콰콰콰쾅!

신용란이 폭발하며 돌격해오던 모리군을 휩쓸었다.

모리 카츠나가는 이미 이런 식의 전개를 예상했다는 듯 물러서지 않았다. 포병의 포격을 피하는 방법은 크게 세 가지였다. 첫 번째 방법은 상대의 포병을 무력화시키는 것이었다.

이를 위해선 먼저 대(對)포병레이더가 필요했다.

대포병레이더는 말 그대로 적의 포병 위치를 알아내는 레이더였다. 더 쉽게 말하면 상대가 발사한 포탄의 궤도를 역으로 계산해 어디서 쏘았는지, 어떤 플랫폼으로 발사했는지 추적하는 레이더였다. 대포병레이더를 이용해 상대 포병의 위치를 확인하면 전폭기를 이용한 폭격이나, 지상기지에서 발사한 미사일, 또는 같은 포병으로 반격해 파괴했다.

현대전에 들어와 견인포보다 자주포가 더 애용되는 이유 또한 이처럼 대포병레이더의 발전이 큰 몫을 하였다. 이동에 제약이 따르는 견인포보다는 쏘고 기동하는 자주포가 생존할 확률이 훨씬 높기에, 비싼 비용에도 도입하는 것이다.

포병을 무력화시키는 두 번째 방법은 사거리 밖으로 물러서는 것이었다. 미사일이나, 탄도탄이라면 사거리 밖으로 물러서는 게 별로 효용성이 없는 작전이지만 야포를 사용하는 포병의 경우엔 사거리가 길지 않기에, 가능한 전술이었다.

마지막 방법은 오히려 적에게 바짝 달라붙어 거리를 주지 않는 것이었다. 미친 지휘관이 지휘하지 않는 이상, 적과 아군이 뒤엉켜있는 상황에서 그 위에 포탄을 쏟아 부을 자는 없었다. 실제 전쟁에서는 오폭으로 인한 피해가 엄청 나 아군과 가까이 붙은 적에게는 포격하지 않는 게 상식이었다.

모리 카츠나가에게 공군과 미사일이 없는 이상, 그리고 사거리 밖으로 도망칠 방법도 없는 이상, 그가 선택할 수 있는 방법은 세 번째 방법 밖에 없었다. 모리 카츠나가는 주저 없이 세 번째 방법을 택했다. 조선군에게 접근하기 위해서는 희생을 감수해야했지만 그에게 다른 선택지는 없었다.

모리 카츠나가가 비록 사나다부자나, 다치바나 무네시게에 비해 명성이 떨어지기는 하지만 능력 자체는 대단한 자였다.

줄 건 주고 취할 건 취하는 성격이 이번 전투에서도 잘 드러났다. 조선군 포병이 만든 화망 안으로 스스로 뛰어들어 적지 않은 병력을 소모했지만 그 틈을 이용해 거리를 좁혔다.

그가 평범한 지휘관이었으면 예상보다 강한 적의 화력에 놀라 우왕좌왕하다가 화망에 갇혀 전멸하거나, 아니면 서둘러 퇴각했을 것이다. 그러나 모리 카츠나가는 그러지 않았다.

줄 건 주고 취할 건 취했다.

모리 카츠나가는 낭인을 마치 수십 년 부린 하타모토처럼 통솔했다. 낭인들의 명령체계가 뒤죽박죽인 것을 생각하면 쉽지 않은 일이었다. 모리군이 성난 파도처럼 밀려들었다.

"적 대부대가 포병이 만든 화망을 벗어났습니다!"

부관의 보고에 2사단장 정기룡이 고함을 질렀다.

"지금 즉시 2차 화망을 구성해라!"

"예!"

명이 떨어짐과 동시에 사단 지원화기대대가 앞으로 전개했다.

그들은 전면에 화차를 내세웠다.

잠시 후, 화차 수십 대가 전선으로 올라가 불을 뿜기 시작했다.

화차는 용두 수십 정을 한데 묶어놓은 것과 같았다.

화차에 실린 용두가 돌아가며 총성을 발할 때마다 수십 개의 쇠구슬이 허공을 갈랐다. 그 안에 들어온 적들은 빠져나갈 방법이 없었다. 더구나 이는 교차사격이었다. 화차가 쏟아낸 수천 개의 쇠구슬이 격자를 이루며 비처럼 쏟아졌다.

밀집해 진격해오던 적은 격자에 갇혀 꼼짝하지 못했다.

파파파팟!

피가 동백꽃처럼 피어났다.

적들은 그 안에서 죽음의 춤을 추었다.

화차의 총성이 멈춘 후.

수백 명이 바닥에 누워있었다.

그리고 수백 명이 비틀거리며 일어서거나, 두 팔로 기어갔다.

모리 카츠나가는 이를 악 물었다.

그러나 뒤로 물러서지는 않았다.

전멸하기 전에는 물러서지 않을 기세였다.

살아남은 적이 모리 카츠나가의 수신호를 보고 다시 달려갔다.

탕탕탕!

용아의 총성이 울리는 순간, 다시 그 중 몇 명이 바닥을 굴렀다.

펑펑펑!

죽폭이 터지며 근처에 있던 적이 나뒹굴었다.

그러나 적은 끝내 죽폭으로 만든 마지막 방어선마저 관통했다.

그리고 2사단 병사들이 파놓은 참호 안으로 뛰어들었다.

백병전이 벌어졌다.

캉!

칼과 총검이 부딪치며 불똥이 튀었다.

사단 지휘부에 있던 정기룡이 좌우를 돌아보며 외쳤다.

"소완구는?"

"준비를 마쳤습니다!"

"그럼 어서 발사해라!"

정기룡의 명이 끝나기 무섭게 방정맞은 포성이 울려 퍼졌다.

소완구로 하는 포격이었다.

지원화기대대 병사들이 소완구 안에 포탄을 집어넣는 순간, 하늘로 솟구친 포탄이 참호를 지나 적 머리 위에 떨어졌다.

콰콰쾅!

땅이 뒤집히고 불길이 치솟았다.

모리 카츠나가가 지휘하는 적은 소완구 포탄에 맞아가며 공격했다. 7천이던 병력이 반으로 줄어있었지만 포기할 기세가 아니었다. 결국, 2사단이 지키던 참호가 적에게 넘어갔다.

참호를 빼앗긴 곳은 2사단 5연대 1대대가 지키던 참호였다.

처음에는 빼앗긴 참호가 하나였다.

그러나 곧 두 개, 세 개, 다섯 개로 늘어났다.

적은 마치 둑이 터진 곳으로 쏟아져 들어오는 강물 같았다.

더 이상 버티면 퇴각할 곳마저 없어질 게 분명했다.

정기룡은 무리하지 않았다.

"전방의 병력을 2차 저지선으로 후퇴시켜라!"

정기룡의 지시에 참호를 지키던 나머지 병력이 일제히 돌아서 후방으로 뛰었다. 모리 카츠나가가 지휘하는 적은 그런 2사단 병력 뒤를 추격하려 하였다. 그러나 2사단 역시 이런 상황을 예측하고 훈련을 해왔던지라, 기민하게 대응했다.

매설해둔 용염에 불을 붙여 시간을 끌었다.

펑펑펑!

용염이 터지는 순간, 바짝 추격하던 적이 산산조각 났다.

그래도 추격하려는 적이 있을 것에 대비해 연폭을 터트렸다.

연폭이 만든 연기가 대지를 하얀 장막 속에 감췄다.

그 틈에 2사단은 2차 저지선이 있는 곳으로 무사히 퇴각했다.

병력 손해가 컸지만 어쨌든 궤멸까지는 이르지 않았다.

2사단은 그제야 숨통이 트였다.

악전고투를 치른 2사단이 전열을 재정비할 무렵.

반대편의 1사단은 두 곳의 적을 동시에 상대하는 중이었다.

두 군데의 적 중 먼저 쳐들어온 쪽은 오른쪽이었다.

그 적을 이끄는 적장의 이름은 쵸소카베 모리치카였다.

쵸소카베 모리치카는 시코쿠 도사의 영주였던 쵸소카베 모토치카의 4남으로 형들을 제치고 도사의 후계자로 낙점되었다.

아버지 쵸소카베 모토치카는 시코쿠 전체를 통일시키는데 거의 성공했지만 그땐 이미 도요토미 히데요시가 천하를 손에 넣은 후인지라, 촌구석인 시코쿠를 나올 틈이 없었다.

거기다 도요토미 히데요시를 견제할 목적으로 히데요시의 정적이던 아케치 미쓰히데와 시바타 가쓰이에를 몰래 지원하던 게 발각당해 도사를 제외한 나머지 영지를 몰수당했다.

쵸소카베 모토치카는 세키가하라를 보지 못하고 죽었다. 그 대신, 후계자로 낙점한 쵸소카베 모리치카가 세키가하라에 참가했는데 동군이 아니라, 서군에 참여해 영지를 다 잃었다.

선대가 남겨준 영지를 전부 잃은 쵸소카베 모리치카는 이름을 바꾼 다음, 낭인으로 전국을 떠돌던 중 도요토미 히데요리가 낭인을 모집한다는 말을 듣고 오사카성에 입성했다.

쵸소카베 모리치카의 목적은 하나였다.

도요토미가문을 도와 그들이 다시 천하를 잡도록 만든 다음, 아버지의 영지가 있던 시코쿠 도사를 되찾을 생각이었다.

오사카성에 쳐들어온 조선군을 쫓아내는 일은 그 시작이었다.

쵸소카베 모리치카가 보기에 이는 아주 좋은 기회였다.

오히려 조선군이 교토나, 에도로 갔으면 후회할 뻔했다.

도쿠가와 이에야스는 도요토미 히데요리를 죽여 후환을 없애고 싶어 했다. 그래서 눈에 불을 켜고 꼬투리 잡을 만한 것을 찾았는데 다행히 아직 걸려들지 않고 있었을 뿐이었다.

그런 상황에서 낭인을 모집했다면 도쿠가와 이에야스를 자극하는 촉매제가 되어 전쟁, 아니 토벌로 이어질 수 있었다.

한데 조선군이 때마침 쳐들어온 덕분에 도요토미 히데요리는 오사카성 방어라는 명분을 앞세워 병력을 모을 수 있었다.

지금은 병력이 6, 7만에 불과하지만 10만까지 느는 건 시간문제였다. 전국시대가 끝나는 바람에 실업자가 된 낭인의 수가 엄청났다. 그들만 끌어들여도 만만치 않은 전력이었다.

도쿠가와 이에야스와 자웅을 겨루기 위해서는 우선 눈앞에 있는 조선군부터 쫓아내야했다. 그래야 후일을 도모할 수 있었다. 조선군에게 패한다면 꿈은 꿈으로 끝날 뿐이다.

쵸소카베 모리치카는 이번 전투에 자신의 모든 것을 걸었다.

그런 쵸소카베 모리치카를 상대하기 위해 나선 조선의 장수는 1사단 1연대장 김완이었다. 사단장 황진은 주력을 막아야하는지라, 쵸소카베군은 1사단 1연대의 몫으로 주어졌다.

1연대는 그 동안 치른 전투와 오랜 원정에서 얻은 피곤으로 인해 상태가 좋지 못했다. 그러나 기세는 뒤지지 않았다.

그들은 누가 뭐래도 조선군의 선봉 1사단 1연대였다.

1연대를 지원하기 위해 포병이 먼저 나섰다.

포탄이 떨어져 쵸소카베군의 좌익을 무너트렸다.

그러나 결국 전투는 근접전으로 이어졌다.

1연대와 쵸소카베군이 서로를 죽이기 위해 총칼을 빼들었다.

말 그대로 참호전이었다.

1연대가 구축한 참호를 빼앗기 위해 공방을 계속 거듭했다.

쵸소카베군이 빼앗은 참호를 1연대가 공격해 다시 되찾으면 쵸소카베군이 다시 달려들어 1연대를 참호 밖으로 밀어냈다.

양측 모두 피해가 늘어났지만 누구도 먼저 물러서지 않았다.

1연대가 홀로 쵸소카베 7천 대군에 맞서 악전고투를 벌일 무렵, 중앙에 있는 1사단 주력은 적의 주력과 대치중이었다.

주력을 지휘하던 이혼은 적의 진형을 먼저 살폈다.

1만5천, 많게는 2만 정도로 보이는 대군이 요도가와강과 오사카성을 연결하는 다리 세 개 중 가운데 다리로 도하했다.

근위사령관 권응수가 물었다.

"차라리 다리를 폭파시키는 게 낫지 않겠사옵니까?"

이혼은 고개를 저었다.

"우린 저 다리가 필요하오. 온전한 상태로 말이오."

"공병대가 배다리를 건설 중이지 않사옵니까?"

권응수의 질문에 대답한 사람은 이혼이 아니었다.

옆에 있던 도원수 권율이 이혼 대신 대답했다.

"공병대가 제작하던 배다리는 적을 끌어내기 위한 용도였소."

권응수가 흠칫해 물었다.

"그럼 처음부터 배다리가 성공 못할 거라고 생각하신 겁니까?"

그 말에 권율이 고개를 끄덕였다.

"그렇소. 배를 징발하기 어려워 대군이 건널 만큼 튼튼한 다리, 정확히 말하면 대룡포를 이동시킬 만큼 튼튼한 다리를 만들 수 없었소. 사령관에게 미리 말해주지 못한 점은 미안하게 생각하지만 이는 전하의 뜻이었으니 양해해주시오."

권응수는 당연히 화가 났다.

그는 따지고 보면 이곳에 있는 병력의 총 책임자였다.

권율이 육군 총사령관에 해당하는 도원수지만 근위군 자체는 권응수의 소관이었다. 한데 이혼과 권율이 그런 권응수를 속여 가며 작전을 편 것이다. 충분히 불쾌할 수 있는 입장이었다. 상대가 도원수라고 하지만 아닌 것은 아니었다.

그러나 권응수는 화를 내지 못했다.

권율이 이혼을 방패로 내세운 것이다.

권응수의 표정이 굳은 것을 본 이혼이 좋은 말로 위로했다.

"이번 작전은 과인의 독단이었으니 과인을 탓하도록 하시오."

그 말에 권응수가 한쪽 무릎을 꿇었다.

“소장이 어찌 감히 전하를 탓할 수 있겠사옵니까.”

이혼이 권응수의 어깨를 잡아 일으켜세웠다.

“권사령관을 속이지 못하면 적도 속일 수 없을 거라 생각했소. 과인이 예전에 읽은 책에서 상대를 속이려면 속이려는 생각을 하지 말고 그게 진짜인 거처럼 행동하란 말이 있었소. 그래서 과인은 권사령관을 속이지 못하면 적도 속지 않을 거라 생각했소. 이는 과인의 얕은꾀이니 이해해주구려.”

“황공하옵니다.”

“자, 기다리던 적이 왔으니 이제 힘을 합쳐 싸워봅시다.”

“예, 전하.”

권응수는 전장으로 달려가 1사단과 2사단, 그리고 3사단, 포병여단, 사령부 등을 지휘해 강을 건너온 대군과 맞섰다.

이혼은 강변에 있는 언덕으로 올라가 전황을 지켜보았다. 물론, 그런 이혼 옆에는 기영도의 금군이 계속 따라붙었다.

이혼은 망원경을 꺼내 후방 전선을 먼저 살펴보았다.

김덕령의 3사단이 고토 마토베에의 별동대를 막아냈다는 보고가 방금 들어왔다. 적장 고토 마토베에는 혈전 끝에 전사했고 그가 지휘하던 5천 역시 거의 전사하는 대승이었다.

이혼이 권율에게 물었다.

“3사단의 피해는 어떻소?”

“꽤 심각하다고 들었습니다.”

“으음, 힘들겠지만 전방으로 이동해 아군을 지원하라 하시오.”

“예, 전하.”

권율은 권응수에게 이혼의 지시를 전했다.

권응수 역시 남의 손이라도 빌려야할 판인지라, 전장을 수습하던 김덕령에게 사람을 보내 빨리 합류하란 지실 내렸다.

이혼의 시선이 좌측으로 움직였다.

좌측에선 정기룡의 2사단이 적장 모리 카츠나가와 전투 중이었다. 그러나 좋은 상황은 아니었다. 모리 카츠나가의 세밀한 전투지휘로 인해 1차 참호선을 빼앗긴 상태였다. 다행히 모리 카츠나가 역시 꽤 큰 피해를 입어 재정비 중이었다.

이번에는 시선이 우측으로 향했다.

우측이야말로 혈전이 펼쳐지는 곳이었다.

김완의 1연대가 단독으로 쵸소카베 모리치카의 대군을 상대하는 중이었는데 1차 참호선을 놓고 공방전이 한창이었다.

이혼의 작전은 1연대가 쵸소카베군을 막아내는 사이, 3사단이 전방으로 합류해 1연대와 교대하는 것이었다. 다행히 지금까진 그 작전이 먹혀들어가 곧 3사단이 지원할 터였다.

이혼의 망원경이 이번에는 정면으로 향했다.

정면은 양측의 주력이 있는 곳이었다.

1사단장 황진은 부족한 병력을 총동원해 방어선을 구축했다.

이혼은 망원경을 조금 위로 올렸다.

적의 진형이 망원경에 들어왔다.

적은 크게 볼 때 두 부대로 나뉘어있었다.

앞에는 기병을 포함한 백병전부대가 주를 이루었다. 기병 중에는 붉은 갑옷을 걸친 자들이 많았는데 기세가 삼엄했다.

뒤에는 조총부대와 궁병부대가 위치해있었다. 그들 역시 낭인치고는 아주 정연한 움직임을 보이며 앞선 부대를 받쳤다.

이혼의 눈에 백병전부대가 들고 있는 깃발이 들어왔다.

엽전 여섯 개를 그려놓은 깃발이었다.

망원경을 도로 내린 이혼이 권율에게 물었다.

"선봉에 있는 군기는 어느 가문 것이오?"

이혼이 보던 곳을 살펴본 권율이 이내 대답했다.

"육문전(六門錢)인 것을 보니 사나다가문의 군기 같사옵니다."

"음, 기세가 대단하군."

이혼이 중얼거릴 때였다.

적의 선봉부대가 1사단을 향해 노도처럼 짓쳐왔다.

기병 3천여기가 앞에 섰다.

그리고 그 뒤에 창칼을 든 보병이 따랐다.

넓게 트여있던 강변이 어느새 적으로 가득 찼다.

1사단 후방에 위치한 포병여단장 장산호가 수기를 흔들었다.

그 즉시, 각도를 조정한 대룡포가 불을 뿜기 시작했다.

펑펑펑!

하늘로 솟구친 신용란이 이내 바닥으로 내리꽂혔다.

콰콰쾅!

폭발과 동시에 시뻘건 화염이 충천했다.

10여 기의 적 기병이 신용란의 폭발에 휩쓸려 사라졌다.

먼지가 들불처럼 일어났다.

대룡포로 쏜 포탄은 마치 바닥에 격자를 그리듯 일정한 간격으로 떨어졌다. 포병여단이 미리 각도를 맞춰둔 덕분이었다.

격자 속에 들어간 적 기병 수십 기가 나뒹굴었다.

사람과 말이 한데 뒤엉켜 어지러웠다.

적은 포병의 포격을 맞아가며 전진했다.

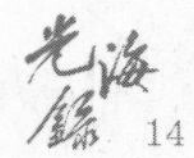

수백 미터에 불과한 거리지만 마치 지옥 속에 있는 듯했다.

그러나 끝은 있기 마련이었다.

포탄세례 속을 돌파한 적 기병 선봉이 1사단 참호에 도착했다.

그들은 손에 쥔 단창을 투창처럼 던졌다.

보병이 던진 투창은 땅 바닥에 박히는 경우가 많았다.

궤도가 높지 않은 탓이다.

그러나 기병이 던진 투창은 궤도가 높아 참호에 직접 박혔다.

투창이 배에 박힌 병사가 비명을 지르며 바닥을 굴렀다.

참호에 있던 황진이 벌떡 일어나 소리쳤다.

"반격해라!"

황진의 명을 받은 1사단 병사들이 용아를 참호 위에 거치했다.

탕탕탕!

용아의 총성이 어지럽게 울리며 돌격하던 적 기병이 쓰러졌다.

원래 사단장급 지휘관은 안전한 후방에 머무르기 마련이었다.

그러나 황진은 달랐다.

황진은 병사들과 함께 참호를 사수했다.

일장일단이 있었다.

병사의 사기는 올라가겠지만 대국적으로 보는 게 어려웠다.

황진이 뒤에 있는 1시단 지원화기대대에 고함을 질렀다.

"소완구는 아직도 포각 조정 중인가?"

"지금 막 끝났습니다!"

"그럼 빨리 엄호해!"

황진이 소리치는 소리는 총성과 말발굽소리에 가려 잘 들리지 않았다. 황진은 하는 수 없이 전령을 보내 명을 전했다.

전령 하나가 참호를 나오다가 적 기병이 던진 투창에 맞아 참호 속으로 다시 굴러떨어졌다. 적 기병은 참호를 따라 이동하며 창을 던지거나, 아니면 단창으로 직접 공격해 왔다.

"빌어먹을!"

소리친 황진은 바닥에 놓아둔 용두를 꺼내 참호를 올라갔다.

탕!

용두가 쏟아낸 산탄이 전면을 휩쓸었다.

참호를 따라 돌던 적 기병 세 기가 바닥으로 쓰러졌다.

황진은 다시 참호 속으로 몸을 날렸다.

그가 서있던 곳에 투창 몇 개가 날아와 박혔다.

그러나 어쨌든 황진이 시간을 끈 덕분에 참호를 나온 전령은 무사히 지원화기대대를 찾아가 황진의 명령을 전달했다.

잠시 후, 소완구 특유의 포성과 함께 작은 포탄들이 낙하했다.

콰콰쾅!

참호선을 따라 떨어지는 소완구 포탄에 바짝 붙어있던 적 기병이 나가떨어졌다. 황진은 이때다 싶어 총공격을 명했다.

1사단의 맹렬한 반격에 적 기병부대가 참호선에서 이탈했다.

한숨 돌리려는 찰나.

이번에는 기병 뒤에 있던 적 보병부대가 진격해왔다.

보병부대는 기병보다 더 까다로웠다.

그들은 용아와 죽폭에 당하면서도 줄기차게 전진했다.

그리고 마침내 참호 안에 뛰어들어 1사단 병력을 공격했다.

전투는 순식간에 백병전으로 이어졌다.

좁은 참호 안에서 칼과 총검이 격돌했다.

살기 위해 적을 먼저 죽여야 하는 싸움이었다.

용아와 조총을 가지고 싸울 때와는 전혀 달랐다.

총검이 적의 살을 뚫고 박히는 소리에 터럭이 곤두섰다.

반대로 적의 왜도에 베이는 느낌 역시 절대 잊을 수가 없었다.

비명과 고함, 신음소리가 이어졌다.

피 냄새와 오물 냄새, 그리고 화약 냄새가 섞여 악취를 풍겼다.

"2, 2연대가 뚫렸습니다!"

부관의 보고에 황진이 벌떡 일어나 고개를 좌측으로 돌렸다.

참호 안에 있던 2연대 병력이 뒤로 후퇴하는 중이었다.

그리고 후퇴하는 2연대 병력을 향해 적의 조총이 불을 뿜었다.

도망치던 2연대 병사들이 바닥을 굴렀다.

수십 명이 금세 쓰러졌다.

그들의 상처에서 흐르는 피가 물보라처럼 시야를 뒤덮었다.

최악이었다.

황진은 이를 악물었다.

참호선을 지키는 것은 쓸데없는 희생만 불러올 따름이었다. 물러서야할 때 물러서지 않는 것만큼 멍청한 짓도 없다.

이는 생사를 가르는 전투다.

오기, 아집, 고집이 통하는 상황이 아니다.

"후퇴해라!"

소리친 황진은 죽폭 두 개에 불을 붙여 참호 밖으로 굴렸다.

펑펑!

죽폭이 터지며 참호에 접근했던 적이 쓰러졌다.

병사들이 황진을 따라 죽폭을 굴렸다.

참호선을 따라 죽폭 수백여 개가 연달아 폭발했다.

땅이 뒤집히는 것 같은 화력이었다.

참호를 덮친 적이 멈칫하며 공격속도를 떨어트렸다.

1사단은 그 틈에 지옥 같던 참호를 빠져나왔다.

그리고 미리 정해둔 2차 저지선으로 후퇴했다.

적도 그런 1사단을 놓치지 않겠다는 듯 맹렬히 추격해왔다.

그러나 1사단이 미리 깔아놓은 용조에 당해 큰 피해를 입었다.

1사단은 용조 매설지역을 교묘히 통과해 후퇴한 반면, 용조매설지대에 대한 정보가 있을 리 만무한 적은 막무가내로 들어가다가 큰 손실을 보았다. 수백 명이 헛되이 죽어갔다.

그러나 적은 물러서지 않았다.

이번 전투에서 어떻게든 끝장을 봐야했다.

그들에겐 미래가 없었다.

이번 전투에 투입한 전력이 반인지라, 실패는 곧 멸망을 뜻했다.

적 보병부대가 참호를 점령한 후에 후방에 있던 조총부대가 앞으로 나왔다. 그들은 대나무방패를 앞세워 차근차근 전진했다. 1사단도 용아로 반격해 보았지만 진형을 무너트리는 데는 실패했다. 곧 2차 저지선 앞에서 전투가 벌어졌다.

적의 조총부대는 일사불란하게 움직였다.

앞 열이 사격하는 동안, 뒤에 열은 재장전을 준비했다.

그런 식으로 쉴 새 없이 사격하니 용아의 위력에 견줄만했다.

"탄환이 떨어졌습니다!"

여기저기서 탄환을 소진했다는 소식이 들려왔다.

1사단은 저지선을 비워둘 수 없었지만 적은 달랐다.

병력에 여유가 많아 교체가 빨랐다.

수적으로 열세에 놓인 1사단은 2차 저지선을 수성하는데 점점 어려움을 느꼈다. 그걸 놓칠 리 없는 적장은 다시 한 번 후방으로 이동했던 기병부대를 내보내 저지선을 공격했다.

한차례 격전으로 상당한 피해를 입었지만 전열을 정비했는지 다시 한 번 투창을 던지며 접근해 저지선의 조선

병사들을 공격했다. 군마가 급히 세운 목책을 들이받기 시작했다.

쿠웅!

목책이 무너지며 공간이 뚫렸다.

그 순간, 새빨간 갑옷을 입은 기병들이 그 공간으로 침투했다.

1사단 병사들이 막아보려 했지만 다가서는 일조차 쉽지 않았다.

착검한 용아로 기병이 탄 군마를 찔러갔다.

푹!

그러나 마갑을 씌워놓았는지라, 관통에는 실패했다.

그리고 그 대가는 참혹했다.

군마에 탄 기병이 잘 벼린 왜도를 휘두르니 용아를 쥔 팔이 잘려나갔다. 비명을 지른 병사가 주춤하는 사이 두 번째 왜도가 날아와 목을 베었다. 피가 솟구쳐 주변을 물들였다.

탕탕탕!

탄환을 보급 받은 병사들이 달려와 급히 용아를 쏘았다.

공격해오던 적 기병의 몸에서 피가 난무했다.

명중한 것이다.

그러나 적은 쓰러지지는 않았다.

심지어 말 위에서 떨어지지도 않았다.

마치 이런 공격으로는 자신들을 죽일 수 없다는 듯 계속 달려와 도망치는 1사단 병사들의 등을 찔러갔다. 단창에 등을 찔린 병사들이 바닥을 구르며 비명을 질렀다. 빨간 갑옷을 걸친 적 기병부대가 그 병사들을 밟고 앞으로 달렸다.

아무리 훈련을 잘 받은 정병이라도 두려움을 느낀다.

고통스럽고 두려운 상황에서 전열을 이탈하지 않는 것은 훈련을 잘 받았다는 이야기였다. 그러나 그 훈련을 뛰어넘는 공포를 마주했을 때는 누구나 살고 싶은 마음이 간절해지기 마련이었다. 1사단도 마찬가지였다. 빨간 갑옷을 걸친 적 기병의 난입에 공포를 느낀 병사들이 도망치기 시작했다.

"전열을 지켜라!"

"퇴각하지 마라!"

"도망치는 놈은 군법으로 다스리겠다!"

장교들의 외침이 전장을 갈랐으나 통하지 않았다.

빨간 갑옷을 입은 기병들이 이번에는 소리를 따라 움직였다.

조선군 중에서 명령을 내리는 자들을 골라 공격하기 시작했다.

말을 알아듣지 못해도 상관없었다.

후퇴하지 않고 소리를 지르는 사람들은 십중팔구 장교였다.

장교와 병사의 차이였다.

장교 중에도 겁을 먹고 도망치는 자들은 물론 있었다.

그러나 장교 대부분은 자리를 고수했다.

그들이 가진 책임감이 죽음의 공포보다 우선했다.

마치 말벌 같았다.

장교 하나를 발견하면 벌 떼처럼 모여들어 찢어놓았다.

"으악!"

팔다리가 잘리고 목에서는 피분수가 쏟아졌다.

대대, 중대, 소대할 거 없이 장교들이 계속 죽어나갔다.

이제 전선을 지키는 것은 임진왜란 때부터 싸워온 고참 병사들이 다였다. 그러나 전세를 뒤집기에는 상황이 너무 좋지 않았다. 결국, 이혼과 전쟁을 처음부터 끝까지 같이 치른, 그래서 이혼의 친위대라 불리던 고참들이 하나둘 죽어갔다.

빨간 갑옷을 입은 기병부대가 진격을 멈춘 것은 급히 투입한 화차를 만났을 때였다. 엄청난 양의 산탄을 쏟아 붓자 그제야 포기한 듯 기수를 돌려 2차 저지선 밖으로 후퇴했다.

1사단의 피해는 처참했다.

2차 저지선을 지키긴 했지만 병력의 피해가 너무 컸다.

장교의 전사비율이 높아 경험 많은 부사관들이 앞에 나섰다.

"재정비를 서둘러라!"

"보급부대는 탄환과 죽폭을 분배해라!"

"부상병은 뒤로 이송해라!"

"부족한 탄환과 죽폭은 죽은 병사들의 것을 이용해라!"

그 말에 살아남은 병사들이 죽은 전우의 군장을 뒤졌다.

쓸 수 있는 것은 모두 가져갔다.

탄환, 죽폭, 심지어 수통에 든 물마저 가져갔다.

산 사람은 살고 봐야했다.

부사관들의 외침이 계속 이어졌다.

"용아가 고장 난 병사는 이쪽으로 와라!"

그 말에 병사들이 소리친 부사관 쪽으로 달려갔다.

운이 좋으면 몇 십 발을 쏴도 문제없지만 대부분의 경우에는 열 발이 넘어가면 불량이 일어났다. 정밀하지 못한 가공 때문이었다. 용아를 교체한 병사들이 저지선으로 복귀했다.

전황을 지휘하던 황진이 저지선을 돌며 병사들을 고양시켰다.

"무슨 일이 있어도 이 선을 지켜야한다! 이 선이 무너지면 주상전하께서 위험해진다! 전멸하는 일이 있어도 치욕을 겪을 순 없다! 장병들은 그 자리를 사수해라! 그게 명령이다!"

황진이 목청이 터져라 외칠 무렵.

적의 2차 공격이 시작되었다.

적은 1사단이 구축한 참호를 전진기지로 이용했다.

그곳에서 병력을 정비한 다음, 조총부대부터 전진을 시작했다.

곧 서로 떨어진 상태에서 치열한 총격전이 이어졌다.

1사단은 적을 방어하기 위해서, 그리고 적은 그 방어를 뚫어내기 위해 총을 쏘았다. 마치 양측의 목적이 바뀐 듯했다.

조선군은 오사카성을 공격하러왔지만 도리어 방어에 치중하는 중이었다. 그리고 적은 오사카성의 수성이 원래 목적이었지만 지금은 오히려 조선군을 먼저 공격하는 입장이었다.

용아는 좋은 무기였다.

용아에 맞은 적은 일어나지 못했다.

강선에다가, 뇌관을 쓰는 탄피 덕분에 명중확률과 위력이 적의 조총보다 훨씬 뛰어났다. 적이 사용하는 조총은 여전히 화승총 방식이었다. 화승에 불을 붙여 점화하고 탄환은 새똥처럼 만든 구리탄환을 이용했다. 그리고 강선에 대한 개념도 없었다. 총신에 나선형의 강선을 파면 탄환 궤도에 안정감이 생겨 명중확률이 높아진다는 것을 알지 못했다.

그러나 적은 그런 조총을 아주 정교하게 사용하며 전진했다.

조총부대를 지휘하는 적장이 만만치 않다는 뜻이었다.

나중에 들은 정보에 따르면 조총부대를 이끈 적장은 아카시 테루즈미란 자였다. 임진왜란 때 죽은 우키다 히데이에의 가신이었다. 우키다가문이 멸망한 후에는 각지를 떠돌다가 이번에 히데요리의 초청을 받아 도요토미군에 합류했다. 독실한 크리스천이었으며 도요토미군의 철포대를 지휘했다.

적은 대나무방패를 앞세워 계속 거리를 좁혔다.

대나무방패는 대나무로 방패를 만들었다는 소리가 아니었다. 수십 개의 대나무를 다발로 묶어 만든 엄폐물에 가까웠다. 그런 다발을 이어 붙여놓으면 탄환이 뚫기가 쉽지 않았다.

강선을 쓴다고 해서 그 탄환이 철갑탄이 되는 것은 아니었다.

황진은 마음이 급해졌다.

적의 접근을 계속 허용하면 또다시 백병전으로 이어질 터였다.

"포병에게 지원사격을 요청해라!"

"예!"

전령이 포병이 있는 곳으로 달려갔다.

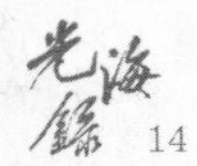

1차 참호 뒤에 있던 포병은 보병이 참호를 버리고 2차 저지선으로 후퇴하는 바람에 급히 퇴각해 현재 재정비 중이었다.

전령이 포병여단장 장산호를 찾았다.

장산호는 사람의 얼굴이 아니었다.

마치 그 사이 10년은 늙은 듯한 얼굴로 전령을 맞았다.

"무슨 일인가?"

"1사단에서 포격지원요청이 들어왔습니다!"

"적이 다시 공격해오는 것인가?"

"예, 저지선에 거의 도달했습니다."

"염병할!"

욕을 내뱉은 장산호는 급히 휘하 포대들을 점검했다.

포격준비를 마친 포대는 다섯 문 정도였다.

나머진 준비 중이거나, 아니면 수리 중이었다.

거듭된 포격에 포신이 고장 난 경우가 많아 수리가 필요했다.

"알았다! 어떻게든 해보겠다고 전해라!"

"예!"

대답한 전령은 다시 죽음의 골짜기로 변한 저지선을 향해 뛰어갔다. 그 모습을 본 장산호가 이를 악물었다. 며칠 전부터 흔들리던 어금니가 기어코 뽑혀 나왔다. 아파서 그런 것은 아니었다. 너무 피곤하고 신경 쓸 게 많은 나머지

이가 먼저 버티지 못하고 뽑혀 나온 것이다. 어쩌면 이번 전쟁에서 죽지 않을지 몰라도 성한 이는 하나도 없을 것 같았다.

"퉤!"

살점이 묻은 이를 바닥에 뱉은 장산호가 소리쳤다.

"준비한 포대부터 발사해라! 포격 목표는 아군 2차 저지선이다!"

장산호가 소리칠 때마다 피와 침이 섞여 튀어나왔다.

마치 피를 뿜어내는 듯했다.

가장 먼저 준비를 마친 포가 포성을 뿜어냈다.

하늘을 가르는 포탄이 하얀 궤적을 만들었다.

눈으로 궤적의 꼬리를 쫓던 장산호는 속으로 빌고 또 빌었다.

포탄이 적의 머리 위에 정확히 떨어져달라고.

한편, 2차 저지선을 지키던 1사단의 상황은 계속 급박해져갔다.

적의 조총부대가 엄호하는 사이.

좀 전에 대활약했던 적의 기병부대가 다시 한 번 나타났다.

적의 기병부대는 재정비할 때마다 병력이 크게 줄었다.

처음에는 빨간 갑옷을 입은 기병보다 그렇지 않은 기병이 훨씬 많았지만 지금은 비슷한 숫자였다. 빨간 갑옷을 입은 적 기병 중에는 붉은색 투구를 쓴 적장이 있었다. 투구 양 옆에 뿔이 달렸는데 조선군에게는 지옥의 사자처럼 보였다.

적장이 손에 쥔 단창을 앞으로 휘두르는 순간.

적 기병이 조총부대의 엄호를 받으며 저지선으로 돌격해왔다.

6장. 치명적인

NEO ALTERNATIVE HISTORY FICTION

6장. 치명적인

선두에 선 기병부대는 그 붉은 갑옷을 입은 기병대였다.

수는 천이 넘지 않았지만 뿜어내는 기세는 만 명을 웃돌았다.

황진의 손짓에 용아가 불을 뿜었다.

철갑을 두른 기병부대라 해도 탄환을 전부 막아내진 못했다.

말과 함께 쓰러진 기병이 바닥을 굴렀다.

황진은 1사단이 가용 가능한 모든 자원을 동원했다.

지원화기대대를 불러 화차를 전면에 배치했다.

그리고 소완구로 포격했으며 포병여단에 긴급지원을 요청했다.

세 종류의 화력을 동시에 전개하니 장관이 따로 없었다.

마치 하늘에서 불벼락이 떨어지는 듯했다.

땅은 뒤집히고 하늘은 무너져 내렸다.

포격이 만든 시커먼 먼지가 가라앉는 순간.

먼지를 뚫고 튀어나온 적 기병부대가 결국 저지선에 도달했다.

"사수해라! 뚫려서는 안 된다!"

황진의 외침이 말발굽소리에 가려 애처로이 들려왔다.

적 기병은 저지선을 줄기차게 공격했다.

그들은 1사단 병사들이 급히 세운 목책으로 군마를 몰았다.

쿵쿵쿵!

육중한 군마가 달려와 부딪칠 때마다 목책이 크게 흔들렸다.

당연히 군마에 탄 기병 역시 무사하지 못했다.

작용이 있으면 반작용도 있기 마련이었다.

그들은 죽폭이나, 용아로 발사한 탄환에 맞아 죽었다.

죽는 기병의 수가 빠르게 늘어갔다.

그러나 적 기병은 끊임없이 목책을 향해 달려들었다.

마치 강을 거슬러 올라가는 연어 떼처럼 보였다.

죽기 직전, 연어는 새끼를 낳기 위해 강을 거슬러 올라갔다. 올라가면 죽는다는 것을 알지만 본능을 거스르지 못했다.

적 기병은 폭포를 거슬러 올라가는 연어 떼처럼 목책을 향해 돌진했다. 적 기병과 연어의 차이라면, 연어는 폭포를 부수지 못하지만 기병은 그럴 수 있다는 점이었다. 기병 수십 명이 들이받은 목책이 무너졌다. 아니, 목책을 부술 필요조차 없었다. 목책 앞에 말과 시신으로 만든 무덤이 생겼다.

목책을 넘고 싶은 사람은 그 무덤을 뛰어넘으면 되었다.

다그닥!

말발굽소리가 대지를 들끓게 만들었다.

그때였다.

붉은 갑옷으로 몸을 치장한 적장이 무덤으로 말을 몰아갔다.

투구에 달린 뿔에서는 조선군 병사의 피가 흘러내렸다.

그리고 그 피가 얼굴을 적셔 마치 피의 가면을 쓴 듯 보였다.

탁!

인마로 쌓은 무덤을 단숨에 도약한 적장이 마침내 목책을 넘는데 성공했다. 황진은 저지선을 지키기 위해 애썼다. 부하에게 저지선을 사수하라 지시하는 한편, 남아있는 가용 병력을 전부 동원해 목책이 뚫린 곳을 먼저 방어하려 하였다.

적이 목책으로 들어와 다른 저지선을 공격하면 큰일이었다.

그때야말로 저지선이 붕괴되는 때였다.

붉은 갑옷을 입은 적장이 자신에게 달려드는 1사단 병사에게 손에 쥔 창을 던졌다. 섬전처럼 날아간 창이 병사의 가슴에 박혔다. 그때, 용아의 총성이 울렸다. 적장은 맞지 않았지만 그가 타고 있던 말은 무사하지 못했다. 말이 무릎을 꿇으며 몸을 옆으로 눕혔다. 적장은 몸을 훌쩍 날려 바닥에 내려섰다. 몸놀림이 가벼웠다. 무거운 갑옷을 입고 그처럼 움직이기는 쉽지 않았다. 부사관 하나가 고함을 지르며 달려가 착검한 용아를 찔러갔다. 오후의 따가운 햇살이 총검의 날을 비춰 빛을 반사시켰다. 옆으로 몸을 날려 피한 적장은 균형을 잃은 부사관의 옆구리에 왜도를 박았다.

푹!

몸을 휘청한 부사관이 앞으로 쓰러졌다.

근처에 있던 부사관의 부하들이 복수하기 위해 달려들었다.

그러나 성공하지 못했다.

뒤이어 목책을 넘어온 적 기병부대가 적장을 철통같이 에워싸 보호했다. 목책은 어느새 붉은 갑옷을 입은 적 기병 천지로 변했다. 부하의 말로 갈아탄 적장이 왜국 말로 뭐라 소리치자, 복창한 적들이 수중의 창을 난폭하게 휘둘렀다.

1사단 병사들은 뒤로 물러서며 용아를 쏘았다.

적 기병 수십 명이 바닥을 굴렀다.

그러나 그게 적을 멈추게 하지는 못했다.

그때였다.

날카로운 휘파람소리가 전장을 가르는 순간.

적 기병이 돌연 북쪽으로 말을 몰기 시작했다.

앞을 막아선 1사단 병사들이 용아를 쏘고 죽폭을 던져 보았으나 소용없었다. 적이 창을 던지고 왜도를 휘두르니 길이 뚫렸다. 적들은 길이 뚫린 곳으로 미친 듯이 질주해 갔다.

황진은 벌떡 일어났다.

"아!"

황진의 얼굴이 하얗게 질린 모습을 본 부관이 물었다.

"어찌 그러십니까?"

"적, 적은 주상전하를 노리고 있다!"

그 말에 덩달아 놀란 부관이 고개를 돌려 적을 쫓았다.

그 말 대로였다.

저지선을 돌파한 적 기병부대는 임금이 있는 언덕으로 달렸다.

그들의 목적은 처음부터 2차 저지선 궤멸이나, 포병여단의 궤멸이 아니었다. 바로 조선의 임금 이혼의 목이 목적이었다.

황진이 급히 명했다.

"사령부는 날 따라와라!"

황진은 말에 올라 언덕으로 올라가는 적 기병을 쫓았다.

그러나 적 기병부대는 바람처럼 빨랐다.

적 기병은 언덕을 막아서는 조선군 병력을 베어가며 달렸다.

추풍낙엽이 따로 없었다.

용아로 쏘고 죽폭을 던지고 심지어 몸을 날려 막았으나 막지 못했다. 적의 수를 줄였을 뿐, 질주를 멈추게 하지 못했다.

1사단 병력을 돌파한 적은 언덕을 지키던 도원수부 병력을 베기 시작했다. 도원수부 병사들은 임금을 지키기 위해 몸을 계속 날렸으나 적의 기세를 저지하는데 결국 실패했다.

한편, 언덕 위에서 이 장면을 지켜보던 권율이 외쳤다.

"전하를 어서 안전한 곳으로 뫼셔라!"

그 말에 금군대장 기영도가 달려왔다.

그러나 언덕 정상에는 안전한 곳이 없었다.

그들이 사령부로 택한 언덕은 남쪽에만 길이 있고 북쪽엔 길이 없었다. 북쪽엔 40미터 높이의 깎아지른 절벽이 있었다.

애초에 이곳을 사령부로 택한 이유가 그 절벽 때문이었다. 뒤에 절벽이 있으니 뒤쪽으로는 적이 올라올 위험이 없었던 것이다. 한데 지금은 오히려 그게 외통수가 되어버렸다.

이혼은 고개를 저었다.

그리곤 권총집을 열어 용미를 뽑았다.

그는 이번 전쟁에서 아직까지 무기를 사용해본 경험이 없었다.

그가 용미를 사용하는 경우는 두 가지였다.

하나는 지금처럼 적이 자신을 노릴 때였다.

이때는 적을 죽이기 위해 사용했다.

그리고 다른 하나는 스스로 목숨을 끊어야할 때였다.

자신이 포로로 잡히면 이는 단순한 재앙으로 끝나지 않았다.

절망, 파멸, 치욕.

최악을 뜻하는 단어를 모두 사용해도 제대로 표현할 수 없었다.

"과인은 이 자리를 떠나지 않을 것이오."

조용히 말한 이혼은 숨을 가다듬으며 적이 올라오길 기다렸다.

그 말에 권율과 기영도 등이 급히 군례를 취했다.

일어선 권율이 허리춤에 찬 칼을 뽑아들었다.

그 역시 실전을 위해 무기를 뽑아드는 것은 꽤 오랜만이었다.

어쩌면 임진왜란 이후 처음일지 몰랐다.

이혼은 고개를 들어 권율의 옆모습을 보았다.

머리와 수염이 하얗게 센 노장이 굳은 얼굴로 서있었다.

이혼이 권율의 어깨를 잡으며 속삭였다.

"상황의 뜻대로 흘러가지 않을 경우……, 경이 날 베어주시오."

권율이 고개를 돌려 이혼의 얼굴을 쳐다보았다.

"다른 부대가 올 것이옵니다. 그런 말씀은 하지 마시옵소서."

이혼이 고개를 저었다.

"과인은 이미 결정을 내렸소. 과인 역시 나름대로 준비는 하겠지만 난전으로 흐르면 그렇게 하지 못할 수도 있을 것이오. 그래서 따로 경에게 부탁하는 것이니 부디 승낙해주시오."

"전하!"

권율이 소리치는 소리에 긴장한 시선으로 사방을 경계하던 기영도 등이 고개를 돌렸다가 다시 앞으로 시선을 보냈다.

이혼이 권율의 어깨를 두드렸다.

"적이 곧 올 모양이오."

"전하!"

권율이 소리쳐보았으나 이혼은 시선을 전방으로 돌렸다.

조내관 역시 주군과 함께 마지막을 장식하려는지 칼을 들고 앞을 막아섰다. 환갑이 넘어 이제는 허리가 굽기 시작한 조내관의 등이 자신을 먼저 베지 못하면 이혼에게 손을 댈 수 없을 거라고 적들에게 무언의 항의를 보내는 듯 보였다.

고함소리와 비명소리가 가까이서 들려왔다.

보이지만 않을 뿐, 거의 코앞이었다.

이혼은 용미를 쥔 손이 떨리는 것을 느꼈다.

부하들이 보지 못하도록 반대편 손으로 떨리는 손을 잡았다.

그러자 이번에는 온몸이 떨려왔다.

오후에 접어든 햇살은 대지를 태울 거처럼 뜨거웠다.

눈앞에 아지랑이가 짙게 피어올랐다.

철모 안에서 흘러내린 땀이 눈 안으로 들어갔다.

급히 눈을 감았다가 뜨는 순간, 적이 정상 입구에 나타났다.

거품을 문 군마가 핏발이 잔뜩 선 눈으로 그를 노려보았다.

용아에 맞았는지 턱이 반이나 잘려있었다.

용케 지금까지 살아있었다.

군마가 제 모습을 드러내는 순간, 그 위에 탄 기병이 보였다.

붉은색 투구와 붉은색 가슴갑옷을 입은 기병이었다.

기병은 오른손에 왜도를, 왼손에 단창을 들었다.

왜도에는 아직 말라붙지 않은 핏물이 뚝뚝 떨어지고 있었다.

조선군 병사의 피일 것이다.

기병은 눈앞을 막아선 100여 명의 금군을 보고도 전혀 기죽는 기색이 없었다. 손에 쥔 단창을 앞으로 던져 막아서는 금군 하날 쓰러트렸다. 그리곤 말을 몰아 금군 사이를 돌파하려했다. 그러나 그의 활약은 거기까지였다. 곧바로 이어진 금군의 세찬 반격을 받고 말에서 떨어져 목이 잘렸다.

방금 죽은 적 기병은 시작에 불과했다.

곧 수십 기의 적 기병이 언덕 정상에 올라왔다.

그들은 손에 쥔 창과 왜도로 금군을 미친 듯이 몰아붙였다.

금군 역시 죽기 살기로 적 기병을 막았다.

병기 부딪치는 소리가 산하를 떨어 울렸다.

수십 기이던 적 기병이 순식간에 백을 돌파했다.

적들은 이혼을 노리고 일직선으로 달렸다.

그들 앞에 있는 것은 모두 하찮은 장애물에 불과했다.

금군도, 도원수 병력도 그들의 기세를 감당하지 못했다.

이는 얼마나 잘 싸우느냐의 문제가 아니었다.

죽기 전에 상대를 얼마나 더 죽이고 갈 것인가의 문제였다.

금군이 몸을 엮어 만든 인간방패에 균열이 생겼다.

붉은 갑옷을 입은 기병들이 창으로 찌르고 왜도를 휘둘렀다.

붉은 피가 물보라처럼 튀었다.

적이 던진 창이 이혼 앞에 떨어졌다.

이 이상 뚫리면 이혼의 목숨이 위험했다.

수사적인 표현이 아니라, 정말 위험했다.

보다 못한 금군 대장 기영도가 이혼을 버리고 앞으로 나섰다.

"말을 노려라!"

기영도의 지시에 금군은 적 기병이 탄 말을 우선 공격했다.

도끼로 군마의 다리를 자르니 기병이 말에서 떨어졌다.

누가 가져왔는지는 모르겠지만 구겸창(鉤鎌槍)까지 등장했다.

구겸창의 창날에 달린 가지를 말의 발목에 걸어 당기면 발목이 뎅강 잘려나갔다. 그러면 그 위에 탄 적 기병은 버티지를 못했다. 바닥에 떨어진 기병은 금군의 칼에 난자당했다.

기영도가 분전한 덕분에 전투는 일진일퇴의 공방으로 흘렀다.

기세 좋게 언덕을 올라왔던 적도 피해가 점점 가중되었다. 금군은 최대한 버티며 어떻게든 이 위기를 돌파하려하였다.

다행히 그런 금군에게 낭보가 하나 날아들었다.

1사단장 황진이 병력을 이끌고 언덕으로 지원을 와준 것이다.

위에서는 금군이, 밑에서는 1사단이 공격하니 적 기병도 버티기가 힘들어졌다. 결국, 기수를 돌려 언덕 측면으로 퇴각했다.

적을 몰아낸 황진은 급히 2차 저지선으로 돌아갔다.

그러나 그 대가는 만만치 않았다.

그가 자리를 비운 동안, 전선이 엉망으로 변해있었다.

적 기병이 시선을 끄는 사이, 적 보병부대가 저지선을 공격해 어디가 아군이고 어디가 적군인지 알아보기조차 힘들었다.

"버텨라!"

황진은 목청이 터져라 외쳤다. 그러나 아무리 목청이 터져라 외쳐도 이미 엉망으로 변한 전선을 다시 구축할 수는 없었다.

전투를 시작한지 5시간이 지났을 무렵.

마침내 2차 저지선이 무너졌다.

적은 바람처럼 전선을 돌파해 이혼이 있는 언덕을 포위했다.

황진은 급히 남은 병력을 수습해 언덕 정상으로 올라갔다. 이젠 이혼을 중심으로 최후의 저항을 해보는 수밖에 없었다.

한편, 근위군 사령관 권응수는 상황을 냉정히 계산했다.

그러나 아무리 계산해도 답은 하나였다.

바로 전선 축소였다.

권응수는 3사단 병력 일부를 포병여단 쪽에 보내 포병을 후퇴시켰다. 그리고 남은 병력은 전부 언덕 쪽에 집결시켰다.

2사단과 3사단 역시 후퇴해 언덕을 중심으로 모였다.

언덕이야말로 최후의 결전장이었다.

뒤는 없는, 그야말로 배수(背水)의 진이었다.

적과 이혼이 있는 언덕 정상과의 거리는 불과 300미터였다.

기병이 달리면 눈 깜짝할 사이에 도착할 거리였다.

그야말로 이 300미터에 승패와 수만 명의 목숨이 달려 있었다.

황진은 새로 구성한 3차 저지선을 돌며 병사들을 독려했다.

병사들 역시 이곳이 마지막이라는 것을 아는지 비장한 표정이었다. 적이 전열정비를 끝내는 순간이 전투 재개일 것이다.

황진이 부관을 불러 물었다.

"보급품의 상황이 어떤가?"

"죽폭과 연폭이 모두 떨어졌습니다."

"화차나, 소완구는?"

부관이 고개를 푹 떨어트렸다.

"마찬가지입니다."

"다음 보급부대는 언제 도착하는가?"

황진의 질문에 부관은 급히 날짜를 계산했다.

"5사단 보급부대가 내일 도착하는 것으로 압니다. 그러나 이렇게 포위당한 상태에서 제대로 보급을 받을 수 있을는지."

황진은 고개를 가로저었다.

"받지 못하겠지."

"그럼?"

"어차피 이판사판이다. 적도 승부를 보려할 테니 오늘

밤 전투가 마지막일 것이다. 버티면 사는 거고 못 버티면 죽는 거다. 우리의 원정은 오늘 밤에 성공여부가 판명날 것이다."

황진의 말대로 오늘 하루의 전투로 모든 게 바뀌었다.

그때, 전열정비를 마친 적이 언덕을 향해 총공격을 가해왔다.

남쪽에서는 사나다부자와 아카시 테루즈미가, 동쪽에서는 쵸소카베 모리치카가, 서쪽에서는 모리 카츠나가가 공격했다.

절벽이 있는 북쪽을 제외한 세 군데 방향에서 총공격을 해왔다.

성채 하나 없는 평범한 언덕이었지만 농성전처럼 흘러갔다.

남쪽의 주력을 지휘하던 사나다 마사유키는 아카시 테루즈미의 조총부대를 보내 일제 사격을 실시했다. 엄청난 화력이었다. 조총이 뿜어내는 연기가 안개처럼 언덕을 휘감았다.

아카시 테루즈미는 우키타 히데이에의 가신으로 있을 적에 조총부대, 그들 말로하면 철포대를 감독하던 사람이었다.

그런 자가 조총부대를 운용하니 위력이 만만치 않았다.

아키사 테루즈미는 조총부대를 몇 개 부대로 나누어 차근차근 전진해왔다. 황진의 1사단은 급히 판 참호에 숨어 적을 공격했으나 대나무방패를 앞세운 적의 진공을 막지 못했다.

적 본진과 급히 구축한 3차 저지선과의 거리는 150미터였다.

30분이 채 지나기 전에 거리는 100미터로 줄었다. 그리고 1시간이 지나 노을이 지기 시작했을 때는 30미터로 줄었다. 30미터면 조총으로 1사단 병력을 죽일 수 있는 거리였다.

장전속도, 명중확률, 그리고 위력 역시 용아가 훨씬 뛰어났다.

그러나 적은 용아의 사격을 맞아가며 전진했다.

수백 명의 사상자가 발생했지만 물러서지 않았다.

조총부대가 전멸하기 전에는 퇴각할 생각이 전혀 없는 듯했다.

30미터에 대나무방패를 고정한 조총부대가 맹렬한 사격을 퍼붓는 사이, 허리를 바짝 숙인 채 접근한 적 보병부대가 마침내 돌격을 감행했다. 30미터는 생각보다 짧은 거리였다.

돌격하던 적 수백 명이 탄환에 맞아 바닥을 굴렀지만 다른 적들은 발을 멈추지 않았다. 탄환에 맞아 쓰러지기 전에는 멈추지 않을 듯했다. 그리고 마침내 저지선에 도착했다.

적 보병은 장창으로 참호에 숨은 1사단 병사들을 공격했다.

참호는 깊지 않았다.

3차 저지선을 구축하기 시작한지 이제 겨우 2시간 남짓이었다.

참호를 깊이 파고 교통호를 만들고 참호 앞에 모래주머니를 쌓아올리기에는 부족한 시간이었다. 참호에 도착한 적은 장창으로 1사단 병사들을 찔렀다. 그리고 참호 안에 직접 뛰어들어 왜도를 휘둘렀다. 참호가 좁아 그 안에서는 무기를 휘두르기가 쉽지 않았다. 적은 목을 조르거나, 아니면 주먹으로 얼굴을 쳐왔다. 심지어 이빨로 깨무는 자도 있었다.

황토색이던 흙이 어느새 붉게 물들기 시작했다.

참호가 아니라, 핏물이 흐르는 강처럼 보였다.

이런 식의 백병전에서는 장병의 관계가 모호했다.

그저 살기 위해, 앞에 있는 적을 본능적으로 공격할 뿐이었다.

사단장 황진마저 백병전에 휘말렸다.

사단장을 지키는 병력은 적지 않았다.

부관부터, 개인 호위병까지 수십 명에 달했다.

그러나 그들 모두 적과 싸우느라, 황진을 볼 여유가 없었다. 아니, 황진을 고립시키기 위해 적이 그들을 집중 공격했다.

황진을 보호하던 방어막이 한 꺼풀, 한 꺼풀 벗겨져나갔다. 그를 정확히 노리는 것을 보면 적 역시 조선군 장수들에 대한 파악이 끝난 모양이었다. 아니, 임진왜란과 정유재란에서 활약한 황진을 알아보지 못하면 그게 더 이상할 것이다.

황진은 그를 덮쳐오는 적에게 주먹을 휘둘렀다.

코가 부서진 적이 피를 흘리며 다시 달려들어 황진을 껴안았다. 마치 팔로 황진을 껴안아 같이 죽겠다는 심산 같았다.

황진은 팔꿈치를 세워 적의 등을 내리찍었다.

팔꿈치가 등을 가격할 때마다 적의 몸이 위아래로 출렁였다.

적은 결국 팔을 놓고 바닥에 주저앉았다.

황진은 쓰러진 적의 뒷목에 군화를 내리찍었다.

군화는 밑창이 두꺼웠지만 뼈가 부러지는 느낌은 알 수 있었다.

황진은 옆으로 고개를 돌렸다.

다른 적이 짧은 단도로 황진의 얼굴을 베어왔다.

고개를 옆으로 틀어 피하는 순간, 뺨 쪽이 화끈거렸다.

보지 않아도 알 수 있었다.

광대뼈가 드러날 정도로 깊은 상처였다.

황진은 적이 휘두르는 단도를 팔로 내리쳤다.

적의 몸이 황진 쪽으로 무너졌다.

그 틈에 달라붙어 적의 머리를 잡은 황진이 주변을 둘러보았다. 참호가 무너지지 말라고 세워놓은 쇠말뚝이 보였다.

황진은 잡은 적의 머리를 쇠말뚝의 날카로운 부분에 찍었다.

한 번, 두 번, 세 번.

얼굴이 피로 낭자한 적이 허물어졌다.

그때, 햇빛이 가려지며 참호 안이 어둡게 변했다.

황진은 급히 고개를 들었다.

적 하나가 참호 안으로 뛰어내릴 준비를 마친 참이었다.

황진은 급히 용미를 뽑아 방아쇠를 당겼다.

가슴에 탄환을 맞은 적이 넘어가며 참호 안이 다시 밝아졌다.

간신히 여유를 찾은 황진은 전선을 둘러보았다.

백병전은 거의 끝 무렵에 달해있었다.

1사단은 1사단이었다.

적과 치른 참호격투에서 승리한 것이다.

1사단의 피해도 만만치 않았지만 어쨌든 적을 다시 몰아냈다.

그러나 안심하기에는 일렀다.

전투는 지금부터 시작이었다.

심지어 황진은 얼굴에 입은 상처를 지혈할 시간조차 없었다.

얼굴 상처는 아주 심했다.

살갗이 너덜거릴 지경이었다.

그러나 지혈은 꿈도 꾸지 못했다.

두두두!

말발굽소리가 들려왔다.

이젠 지겨운 것을 넘어 두렵기까지 하였다.

적 보병부대가 퇴각하는 틈을 노려 접근한 기병이 3차 저지선 중앙을 기습했다. 황진은 급히 달려가 병력을 지휘했다.

황진은 이번 방어에 모든 것을 걸었다.

평생 쌓은 경험과 타고난 재능으로 적의 기병돌격을 막아냈다.

적은 저지선을 돌파하기 위해 수차례 돌격을 감행했다.

그러나 배수진을 친 1사단의 방어는 결국 뚫어내지 못했다.

전과는 달랐다.

전에는 허무하게 돌파 당했지만 지금은 아니었다.

오히려 적 기병을 저지선 밖으로 쫓아내기까지 하였다.

"조금만 더 버텨라! 우리가 기세를 잡았다!"

황진은 완전히 쉬어 거의 쇠를 긁는 듯한 목소리로 외쳤다.

그런 황진이 뒤로 돌아설 무렵.

병사들 틈을 빠져나온 투창 하나가 황진의 어깨에 박혔다. 그 투창은 황진을 노린 게 아니었다. 그 앞에 있는 병사를 노린 투창이었다. 그러나 공교롭게도 아무도 맞지 않았다. 그리고 대신 뒤에 있던 황진의 어깨에 가서 틀어박혔다.

"악!"

비명을 지른 황진이 뒤로 넘어갔다.

그 모습을 보고 1사단 병사들이 동요할 때였다.

적이 기세를 살려 다시 돌파해 들어왔다.

그리곤 동요한 병사들을 죽이고 마침내 저지선을 돌파했다.

황진은 어깨에 박힌 투창을 뽑았다.

오른쪽 어깨에 감각이 없을 정도로 상처가 깊었다.

황진은 왼손으로 바닥을 집고 일어나 적 기병에게 달려갔다.

한손으로 휘두른 칼이 적 기병이 탄 말의 발목을 잘랐다. 말에서 떨어진 적 기병이 얼굴을 바닥에 부딪치며 쓰러졌다.

기병은 목이 부러져 즉사했다.

"막아라! 물러서지 마라!"

소리친 황진은 등 뒤에서 세찬 파공음이 이는 것을 느꼈다.

급히 고개를 돌리는 순간, 눈앞에 창날이 보였다.

"빌어먹을."

중얼거린 황진은 눈을 부릅떴다.

황진에게 날아든 창이 그의 목을 관통했다.

피가 튀며 황진이 뒤로 넘어갔다.

조선군을 지탱하던 거목이 쓰러졌다.

언덕 밑의 전투는 황진의 죽음과 함께 끝났다.

3차 저지선은 제 역할을 다하지 못했다.

사단 장교들이 급하게 전열을 추슬러보았으나 통하지 않았다.

저지선을 돌파한 적 기병대가 다시 언덕을 오르기 시작했다.

다시 한 번 도원수부 병력이 기병 앞을 막아섰다.

그러나 이미 기세가 오를 대로 오른 적은 그마저도 돌파했다.

선두에 선 붉은 갑옷 기병들의 활약이 대단했다.

용아 한두 발 맞아서는 쓰러지지 않았다.

사나다가문의 기병인 듯 육문전 깃발이 언덕을 온통 뒤덮었다.

적 기병의 두 번째 돌격이었다.

언덕 정상 입구를 막은 도원수부 병력이 나가떨어졌다.

그리고 마침내 정상에 도착한 적 기병이 이혼을 향해 달렸다.

"가자!"

소리친 금군 대장 기영도가 창을 들고 앞으로 뛰어갔다.

그리고 그 뒤를 70명으로 준 금군이 따랐다.

기영도는 허리를 굽혀 적 기병이 휘두른 왜도를 날렵하게 피했다. 그리고 돌아서며 그를 지나친 적 기병에게 장창을 섬전처럼 찔렀다. 창날이 군마의 목 밑을 뚫고 들어갔다. 창대에 힘을 준 기영도가 용을 쓰는 순간, 군마가 쓰러졌다.

기영도는 바닥에 쓰러진 적의 턱을 있는 힘을 다해 걷어찼다.

목뼈가 부러졌는지 머리가 좌우로 흔들렸다.

고개를 돌린 기영도는 급히 몸을 옆으로 날렸다.

그가 있던 자리에 적이 던진 투창이 박혔다.

기영도는 바닥에 박힌 투창을 뽑아 적에게 던졌다.

달려들던 적이 투창을 가슴에 맞고 굴러 떨어졌다.

그러나 주인이 사라졌다는 것을 모르는 군마는 계속 달렸다.

쾅!

말 머리에 들이받힌 기영도가 나가 떨어졌다.

"대장님!"

소리친 금군 대원들이 달려와 기영도를 일으켜 세웠다.

기영도는 비틀거리며 일어났지만 대원들의 부축은 거절했다.

"막아라! 놈들을 주상전하께 보내선 안 된다!"

기영도는 미친 사람처럼 달려가 장창을 휘둘렀다.

붉은 갑옷을 입은 적 기병이 기영도에게 달려들었다.

기영도는 옆으로 몸을 날리며 기병이 휘두른 왜도를 피했다.

군복 앞섶이 잘리며 그 안에 든 방탄조끼의 철판이 드러났다.

천우신조였다.

기영도는 오른팔을 뻗어 기병의 다리를 잡아당겼다.

바닥에 떨어진 기병의 가슴을 밟은 기영도는 창을 두 손으로 쥐고 목에 힘껏 내리쳤다. 붉은 피가 얼굴까지 튀었다.

기영도는 혼자 달려가는 군마를 달려가 따라잡았다.

그리곤 안장을 잡고 훌쩍 올라타 기수를 뒤로 돌렸다.

그 앞에 성난 파도처럼 밀려드는 적 기병부대가 있었다.

"으아악!"

기합성을 지른 기영도가 달려가 장창을 미친 듯이 휘둘렀다.

마치 폭포를 거스르는 한 마리 용을 보는 듯했다.

근처에 있던 적 기병이 추풍낙엽처럼 떨어졌다.

그 모습에 힘을 얻은 금군이 적을 다시 언덕 밑으로 밀어냈다.

기영도의 활약 덕분에 적의 두 번째 돌격도 실패로 돌아갔다.

적은 전열을 재정비하기 위해 3차 저지선으로 후퇴했다.

1사단이 지키던 곳이었지만 지금은 적의 전진기지였다.

후퇴한 1사단은 언덕 바로 밑에 4차 저지선을 다시 구축했다.

그러나 돌이 많아 참호를 팔 수 조차 없었다.

급한 대로 나무와 풀로 임시 참호를 만들었다.

이제 시간은 오후를 지나 거의 밤에 가까웠다.

그러나 날이 어둡지는 않았다.

오늘따라 달이 유독 밝아 대낮처럼 환했다.

이혼은 전투가 끝난 직후에 황진의 부고를 들었다.

이루 말할 수 없는 슬픔이 밀려왔다.

임진, 정유년의 명장이 이국땅에서 숨을 거둔 것이다.

이혼은 황진의 시신을 염해 관에 안치했다.

그러나 이혼에게는 슬퍼할 시간조차 없었다.

적의 돌격을 막아내지 못하면 새 관이 수만 개가 필요했다.

이혼은 부상당한 기영도를 찾아갔다.

엄청난 활약으로 조선군을 위기에서 구해낸 기영도는 생사가 오락가락하는 상황이었다. 그가 마지막에 보인 엄청난 신위는 마치 회광반조(回光返照)였다는 듯 전투가 끝났다는 소리를 듣자마자 정신을 잃었다. 그리곤 지금까지 인사불성이었다. 군의에 따르면 군마에 들이받히는 바람에 가슴에 있는 갈비뼈 중 제대로 붙어있는 게 얼마 없다고 하였다.

정신을 잃은 기영도는 급기야 각혈까지 시작했다.

이혼이 염려의 눈빛을 보냈다.

"얼마나 심각한 것인가?"

군의가 암담한 얼굴로 대답했다.

"부러진 갈비뼈가 내부 장기를 찌르는 것 같사옵니다."

"그럼 치료할 방법이 없다는 말인가?"

군의가 바닥에 엎드려 머리를 숙였다.

"소인의 실력으로는 고치기 어렵사옵니다."

군의의 말에 이혼이 입술을 깨물었다.

"그럼 얼마나 살 수 있을 것 같은가?"

"오, 오늘을 넘기기 어려울 것으로 보이옵니다."

"아!"

충격에 비틀거리는 이혼을 뒤에 있던 조내관이 급히 부축했다.

이혼은 군막에 돌아와 열린 창문으로 하늘을 보았다.

보름달이 마치 당장이라도 지상으로 추락할 거처럼 가까웠다.

출정할 때는 봄이었는데 벌써 가을이 가까워진 듯했다.

지겹던 더위도 슬슬 가셔 밤에는 바람이 선선했다.

이혼은 덥수룩하게 자란 수염을 매만지며 동경을 꺼내 들었다.

낯선 사람이 동경 속에서 그를 노려보고 있었다.

충혈 된 눈과 광대뼈가 도드라진 뺨, 갈라져서, 이제는 몇 년째 지속된 가뭄에 바짝 말라버린 것 같은 입술이 보였다.

동경을 바닥에 놓은 이혼은 용미를 꺼내 분해했다.

용미를 설계한 사람이 이혼인지라, 분해는 쉬웠다.

부품을 하나하나 정성스럽게 손질한 이혼은 다시 조립했다.

꽂을대에 천을 끼워 총구마저 청소한 이혼은 탄입대를 열어 용미 탄환을 하나 꺼냈다. 용아의 탄환을 작게 줄여놓은 형태였다. 탄환을 불빛에 비춰보았다. 유선형의 구리탄환이 등잔 불빛을 받아 묘한 빛을 뿜어냈다. 심호흡한 이혼은 용미의 격발장치를 뒤로 당겼다. 약실이 눈에 들어왔다.

철컥!

탄환을 넣고 격발장치를 닫는 순간, 탄환이 약실에 걸리는 소리가 경쾌하게 들렸다. 이제 당기기만 하면 되었다. 그게 적이든, 허공이든, 자신의 머리이든 간에 당기면 발사되었다.

용미를 들어 무게를 느껴보았다.

묵직했다.

여인들은 무거워 쓰지 못할 것이다.

여인들은 은장도 같은 가벼운 쪽을 선호했다.

용미의 총구를 얼굴 쪽으로 돌렸다.

시커먼 총구가 눈에 들어왔다.

마치 심연(深淵)을 마주한 느낌이었다.

손가락이 어느새 방아쇠에 들어가 있었다.

이제 힘만 주면 저 구멍에서 탄환이 날아들 것이다.

그리고 운이 좋다면 고통을 느낄 새도 없을 것이다.

그때, 조내관의 목소리가 들렸다.

"전하, 도원수이옵니다."

"들라하시오."

이혼은 용미를 얼른 허리춤에 있는 권총집에 넣었다.

그리곤 얼굴을 문질렀다.

자신이 죽을상을 해봐야 사기에 도움 될 게 없었다.

안으로 들어온 권율이 군례를 올렸다.

하얀 수염을 가슴까지 기른 노장이 주름진 얼굴로 그를 보았다.

"1사단장자리를 이대로 비워둬서는……."

이혼은 고개를 끄덕였다.

"알고 있소."

"새 사단장에는 1연대장 김완이 좋을 듯하옵니다."

"그리 하시오."

"3사단의 엄호로 무사히 퇴각한 포병이 자리를 잡았사옵니다."

"희소식이군. 가용 가능한 포가 얼마나 되오?"

"포신이 고장 난 대룡포와 퇴각에 실패한 대룡포를 뺄 경우, 40문 정도가 살아있사옵니다. 정비가 끝나는 대로 이다음에 벌어질 전투에서는 포격지원을 받을 수가 있사옵니다."

보고를 마친 권율은 군례를 올리고 나갔다.

홀로 남은 이혼은 군막 천장을 보다가 밖으로 나왔다.

병사들은 이미 준비를 마친 상태였다.

이혼은 철모의 끈을 바짝 조였다.

이 밤이 지나가기 전에 그의 운명이 결정 날 것이다.

"와아아아!"

적의 함성소리가 조용하던 밤공기를 깨웠다.

그리고 뒤이어 조총의 총성이 사방에서 들려왔다.

적의 공격이 다시 재개되었다.

이번 공격은 전보다 더 매서웠다.

원래 오사카성에 있던 농성파는 주전파와 행동을 달리 했다.

주전파가 조선군을 이기지 못할 거라 내다본 것이다.

그러나 전장에서 들려오는 소식은 전혀 그렇지 않았다.

주전파가 조선군을 좁은 언덕으로 몰아붙여 포위한 상태였다.

이제 마지막 일격만 가하면 되었다.

이에 고무된 농성파는 성 밖으로 나와 주전파를 지원했다. 엄청난 피해를 입어 전열 정비에 곤란을 겪던 주전파로서는 두 팔 벌려 환영할 만한 일이었다. 물론, 조선군 입장에서는 최악의 소식이었다. 2만으로 준 적이 4만으로 늘었다.

조금 전보다 훨씬 더 많은 적을 상대해야했다.

조총의 총성이 조금 줄어들었다고 느낀 순간.

적 보병부대가 언덕을 기어오르기 시작했다.

바람을 받아 흔들리는 적의 사시모노가 언덕 위를 뒤덮었다.

백병전이 이어졌다.

조선군은 최선을 다해 싸웠다.

그러나 기세가 오른, 그리고 병력을 보충 받은 적을 막아내지 못했다. 특히, 큰 피해를 입은 1사단이 버티지를 못했다.

새 사단장에 급히 취임한 김완도 어쩔 수가 없었다.

적의 기세가 대단했다.

남쪽 전선을 돌파한 적이 마침내 기병부대를 내보냈다.

선두는 여전히 붉은 갑옷을 입은 사나다군의 기병부대였다.

금군은 최선을 다해 적의 공격을 막았다.

그러나 병력이 부족했다.

일당백이라곤 하지만 지금은 그 정도로 부족했다.

결국, 금군의 빈틈없는 방어에 구멍이 속속 뚫리기 시작했다.

이혼은 자신에게 달려오는 적을 향해 용미를 겨누었다.

탕!

용미가 들리는 순간, 적 기병 하나가 쓰러졌다.

그 총성을 시작으로 오사카혈전이 마침내 종장에 접어들었다.

7장. 운명(運命)

7장. 운명(運命)

조선군은 이혼 대에 들어와 군기 사용을 금지했다.

물론, 이는 실전에서 그렇다는 말이지, 훈련이나, 주둔지에 있을 때는 화려한 군기를 내걸어 병사들의 사기를 고양시켰다.

군기는 주둔지에 걸어놓는 것이지, 들고 다니며 자신이 어디에 있는지 적에게 알려줄 필요가 없다는 게 이혼 생각이었다.

그러나 왜군은 그와 생각이 다른 듯했다.

언덕 정상은 곧 적들이 가져온 군기에 에워싸였다.

사나다가문의 육문전 깃발을 필두로 도요토미, 모리, 쵸소카베가문의 깃발이 바람에 펄럭이며 정상을 포위해 들어왔다.

그 중 단연 눈에 띄는 깃발은 사나다가문의 육문전이었다. 엽전 세 개를 두 줄로 쌓은 육문전 깃발이 남쪽에 가득했다.

육문전 깃발을 든 사나다가문 기병부대가 금군을 돌파했다.

그들이 입은 붉은 갑옷은 점점 더 붉어지고 있었다.

그 이유가 그들이 흘린 피가 묻어서인지, 아니면 조선군이 흘린 피가 묻어서인지, 알 수 없었지만 어쨌든 붉은색이던 사나다기병의 갑옷이 검붉은 색으로 변해 금군을 압박했다.

금군을 지휘하는 사람은 기영도가 아니었다.

인사불성 기영도 대신, 금군 부대장이 지휘를 맡았다.

부대장은 기영도와 달리 정통 군문 출신이었다.

즉, 이런 집단전에서는 오히려 기영도보다 나은 점이 있었다.

물론, 자객에 대한 대처는 기영도가 부대장보다 몇 갑절 뛰어났다. 본신 실력에서는 부대장이 기영도를 따라가지 못했다. 아니, 일반 금군 대원과 비교해도 떨어지는 감이 있었다.

기영도가 실력이 떨어지는 군문 출신을 부대장에 앉힌 이유는 지금처럼 적 정규군이 이혼을 노리는 상황을 위해

서였다.

"반월진(半月陣)을 구축해라!"

부대장의 명을 받은 금군은 급히 반월진으로 진형을 교체했다.

그리곤 손에 쥔 창대를 바닥에 박아 고정했다.

기병을 상대하는 대(對) 기병용 진법이었다.

적 기병은 그런 진법을 부수기 위해 창을 먼저 던졌다.

진법을 이루던 금군 대원 몇이 창에 맞아 나가떨어졌다.

그러나 금군의 반월진에는 빈틈이 생기지 않았다. 쓰러진 금군 대원을 재빨리 빼내고 다른 대원이 빈자리를 차지했다.

"방패수(旁牌手) 앞으로!"

부대장의 외침에 뒤에 있던 금군이 방패를 들고 앞으로 나왔다. 그리곤 사람 키만 한 방패를 세워 적의 투창을 막았다.

적이 던진 창이 방패에 막혀 튕겨 나왔다.

힘이 아무리 세도 5센티미터가 넘는 육중한 방패를 뚫진 못했다. 금군이 특별히 제작한 방패였다. 용아의 탄환을 바로 눈앞에서 쏘지 않는 이상에는 어떤 무기도 관통이 어려웠다.

이제 적의 투창 공격은 통하지 않았다.

삐이이익!

날카로운 호각소리가 이는 순간, 적 기병이 금군을 향해 돌격해왔다. 투창으로 이득을 보지 못하자 직접 달려든 것이다.

쾅쾅쾅!

붉은 갑옷을 입은 사나다가문 기병이 마침내 금군과 충돌했다.

힘과 힘의 싸움이었다.

"악착같이 버텨라!"

금군은 바닥에 박은 창을 앞으로 기울여 적 기병을 저지했다.

그리고 적 기병은 그런 금군을 밀어내기 위해 군마가 가진 충격량을 이용하려 하였다. 적 기병은 뒤로 크게 물러섰다가 더 빠른 속도로 부딪쳐왔다. 여기저기서 군마와 방패가 부딪치며 쿵쿵하는 소리가 들렸다. 방패를 든 금군 대원들이 충격을 이기지 못하고 넘어갔다. 방패가 워낙 무거워 한 번 바닥에 쓰러지면 다시 세우는데 시간이 오래 걸렸다.

적 기병 역시 무사치 못했다.

금군이 바닥에 고정시킨 장창에 찔려 바닥에 떨어졌다.

그리고 바닥에 한 번 떨어지면 이미 죽은 목숨이나 다름없었다. 사방에서 날아드는 장창에 의해 온몸이 난자당했다.

그러나 적은 개의치 않고 같은 방법을 고수했다.

계속 충돌을 유도했다.

적 기병 두 명이 죽더라도 금군 하나를 죽일 수 있으면 이득이라 생각하는 듯했다. 평소라면 말도 안 되는 생각이지만 가끔 그 말도 안 되는 생각이 제대로 통하는 때가 있었다.

하필 지금이 그런 때였다.

1대2, 아니 1대3의 비율로 교환만 계속 해줘도 적의 승리였다.

실제로 그랬다.

금군의 반월진은 점점 약해졌다.

반월진의 핵심은 장창의 밀집도에 있었다.

장창을 얼마나 빽빽하게 밀집시켰는가에 따라 위력이 변했다.

그러나 적의 자살돌격에 의해 그 밀집도가 변하기 시작했다. 군데군데 구멍이 뚫리며, 듬성듬성해지기 시작한 것이다.

금군 부대장은 목에서 피를 토할 거처럼 소리를 질렀다.

"온다!"

그 순간, 붉은 갑옷을 착용한 사나다기병 전체가 돌격해왔다.

콰콰콰쾅!

기병과 반월진이 충돌하며 둔중한 소리가 났다.

그리고 마침내 굳건히 버티던 반월진 한축이 무너졌다.

적은 그 틈으로 진입해 왜도와 단창을 닥치는 대로 휘둘렀다.

금군이 피를 뿌리며 쓰러졌다.

그때였다.

뿔이 달린 투구를 쓴 적장, 사나다 노부시게가 달려들었다. 사나다 노부시게는 부하들이 뚫어놓은 혈로에 진입해 수중의 단창을 뿌려갔다. 근처에 있던 금군 두 명이 쓰러졌다.

사나다 노부시게의 승마솜씨는 아주 화려했다.

고삐를 풀었다가 당기며 금군 사이를 미꾸라지처럼 돌파했다.

그리고 마침내 이혼이 있는 언덕 북단에 이르렀다.

사나다 노부시게는 손에 쥔 단창을 먼저 이혼에게 던졌다. 북단에 모여 있는 사람은 수십 명에 달했다. 한데 그 중 이혼을 정확히 노렸다는 것은 사전에 이혼의 용모파기를 봤던지, 아니면 조선군에 첩자를 심어 알아낸 게 분명했다.

그렇지 않다면 일반 병사와 같은 복장을 한 이혼을 한 번에 알아볼 리 없었다. 어쨌든 이혼에게는 불운한 상황이었다.

그러나 지금은 그런 복잡한 생각을 할 여유가 없었다.

지금은 적의 창칼을 피하는 데에만 온 정신을 집중해야 했다.

적은 이제 10미터 앞에 있었다.

적장 사나다 노부시게 옆으로 그의 부하들이 하나둘 합류했다.

붉은 갑옷을 입은 적 기병은 이혼을 향해 곧장 달려들었다. 금군이 그들의 발목을 잡아끌었지만 병력 수가 부족했다.

그러나 적 기병의 활약은 거기까지였다.

이혼이 있는 곳은 북단 끝에 있는 바위 위였다.

바위 높이는 1, 2미터에 불과했지만 말을 타고 오를 순 없었다.

사나다 노부시게는 부하들을 말에서 내리게 했다.

그리고는 이혼이 있는 바위로 돌격하라 명했다.

함성을 지른 적이 이혼을 향해 창을 던지며 돌격해왔다.

10여 개의 투창이 이혼을 향해 날아들었다.

이혼을 에워싼 도원수부 병력이 그 대신 창을 맞고 쓰러졌다.

일부 창은 방패로 막았다.

그 사이, 적은 바위 앞에 도착해 위로 기어오르려하였다.

바위 밑으로 적의 팔이 고드름처럼 주르륵 매달렸다.

권율이 앞으로 뛰어가 수중의 칼로 바닥을 그었다.

피가 튀며 주인을 잃은 손가락 수십 개가 눈처럼 떨어졌다.

도원수부 병사들은 창으로 바위를 기어오르는 적을 찔렀다.

위에서 밑을 향해 사정거리가 긴 무기로 공격하니 무적이나 다름없었다. 그러나 무적이란 말은 실전에서 통하지 않았다.

도원수 병사가 찌른 창을 낚아챈 적들이 반대로 끌어당겼다.

창을 놓으면 살 수 있었다.

그러나 사람은 본능적으로 같이 당기기 마련이었다.

"으악!"

비명을 지른 도원수부 병력이 바위 밑으로 떨어졌다.

바위 밑은 지옥이었다.

살아남지 못했다.

적이 휘두른 왜도에 팔다리가 무참히 잘려나갔다.

그때였다.

바위 위에 올라온 적 하나가 왜도로 도원수부 병력을 베었다.

도원수부 병력 두 명이 피를 뿌리며 밑으로 떨어졌다.

권율이 달려가 수중의 칼을 휘둘렀다.

적은 왜도로 권율이 휘두른 칼을 급히 막았다.

그러나 권율의 힘을 당해내지 못하고 바위 밑으로 떨어졌다.

늙었어도 권율은 권율이었다.

그때, 이번에는 바위 반대편에서 적 두 명이 위로 올라왔다.

그곳을 지키던 도원수부 병력이 왜도와 창에 찔려 떨어졌다.

도원수부 병력은 계속 줄어들었다.

그리고 금군은 적에게 발목이 잡혀 도와줄 상황이 아니었다.

이번에는 다섯 명의 적이 위로 올라왔다.

이혼은 침착한 표정으로 용미를 들어올렸다.

적이 자신을 향해 다가올 때는 심장이 터지는 줄 알았다. 몸이 떨려 제대로 서있을 수조차 없었다. 한데 적의 칼이 3, 4미터 앞으로 다가온 지금은 오히려 심신이 편안해졌다.

이혼은 침착하게 적을 겨눈 다음, 용미 방아쇠를 당겼다.

적은 급히 고개를 돌렸으나 왼쪽 눈에 탄환이 박혔다.

"으악!"

비명을 지른 적이 넘어갔다.

이혼은 탄입대를 열어 두 번째 탄환을 장전했다.

탕!

도원수 병력을 바닥에 쓰러트려 놓고 목을 베던 적이 죽었다.

이혼은 용미의 격발장치를 뒤로 당겨 약실을 열었다.

탄피가 바닥으로 떨어졌다.

열린 탄입대로 손을 뻗어 세 번째 탄환을 빈 약실에 넣었다. 격발장치를 앞으로 당기는 순간, 철컥하는 소리가 들려왔다.

약실이 제대로 닫혔다는 증거였다.

탕!

2미터 앞까지 파고든 적이 움찔했다.

가슴갑옷 가운데 구멍이 선명했다.

그러나 적은 개의치 않고 계속 달려들었다.

앞을 막아서는 도원수 병사를 왜도로 베어 쓰러트렸다.

이제 이혼 앞을 막아선 사람은 조내관 한 명 뿐이었다.

"네 이놈!"

고함친 조내관이 수중의 칼을 힘껏 휘둘러 적의 왜도를 막았다.

캉!

불똥이 튀며 조내관이 옆으로 밀렸다.

나이가 든 조내관은 적의 완력을 당해내지 못했다.

그 사이, 네 번째 탄환을 장전한 이혼이 용미를 들어올렸다.

탁!

불발이었다.

총성 대신, 격발장치의 공이가 쇠를 헛친 소리가 들렸다.

반동으로 인해 격발장치의 공이가 휘어진 것이 틀림없었다.

눈앞에 적이 휘두른 칼이 있었다.

평소라면 섬전처럼 지나갔을 텐데 지금은 선명하게 보였다.

신기한 일이었다.

칼에 묻은 피가 허공에 뿌려지며 비처럼 떨어졌다.

이혼은 본능적으로 한 발 물러섰다.

그리곤 손에 쥔 용미를 적에게 있는 힘껏 던졌다.

끼익!

철모 앞을 스친 왜도가 방탄조끼를 사선으로 그었다.

조끼 안에 든 새의 깃털이 밖으로 쏟아졌다.

이혼은 휘청거리며 전방을 살폈다.

적이 용미에 맞았는지 입을 잡으며 몸을 숙였다.

앞니가 모두 나갔는지 걸쭉한 피가 손가락 사이로 쏟아졌다.

그때, 급히 뒤돌아온 권율이 칼을 밑으로 내리쳤다.

목이 반쯤 잘린 적이 그대로 쓰러졌다.

이혼은 가만히 서 있다가 뒤로 한발 물러섰다.

적의 시체서 쏟아진 피가 군화를 적시고 있었다.

안심하기에는 일렀다.

적은 이혼을 향해 불나방처럼 달려들었다.

이 순간을 위해 지금까지 살아왔다는 듯 거침없이 몸을 날렸다.

이혼은 반대편 허리에 있던 칼을 뽑았다.

의전용 칼이었다.

그러나 날은 날카로웠다.

종이를 떨어트리면 그대로 두 조각 날 정도였다.

이혼은 호신용으로 배운 검도를 떠올리며 적과 맞섰다.

무예는 떨어질지 모르지만 힘은 적보다 훨씬 뛰어났다.

적보다 잘 먹어서도 그렇지만 평소에 관리를 잘한 덕분이었다.

이혼은 가슴을 찔러오는 적의 단창을 옆으로 흘렸다.

그 순간, 적의 앞쪽 방어가 텅텅 비었다.

잠시 멈칫했던 이혼은 이를 악물고 칼을 위로 올려쳤다.

투구를 고정하던 턱 끈 잘렸다.

그리고 칼날이 턱뼈를 박살내며 코와 눈까지 한꺼번에 갈랐다.

얼굴이 거의 두 동강난 적이 비명을 지르며 쓰러졌다.

칼로 누군가를 베어 죽인 것은 이번이 처음이었다.

총을 쏴서 죽인 적은 있지만 칼은 처음이었다.

뼈와 살을 벨 때의 느낌이 너무나 선명해 터럭이 곤두섰다.

이혼은 속이 매슥거렸다.

그러나 그런 상황에서도 손은 쉴 새 없이 움직였다.

바위로 올라오는 적의 수가 점점 많아졌다.

적은 바위 앞에 시신으로 만든 계단을 쌓았다.

이제 바위라는 장애물은 적 앞에 더 이상 존재하지 않았다.

이혼은 눈앞을 찔러오는 왜도를 보며 뒤로 물러섰다.

그러나 훈련과 실전은 달랐다. 실전이 훨씬 빨랐다. 아니, 절대적인 속도는 비슷할지 모르지만 체감되는 속도가 달랐다.

푹!

왜도의 날이 방탄조끼를 찍었다.

심장이 다시 미친 듯이 뛰기 시작했다.

이혼은 칼을 두 손으로 잡아 옆으로 휘둘렀다.

붉은 갑옷을 입은 적의 수급이 투구를 쓴 채 하늘로 날아갔다.

이혼은 머리 없이 서있던 적의 몸통을 걷어찼다.

아드레날린이 정수리부터 새끼발가락 끝까지 일자로 관통했다.

지금까지 그를 지배했던 절망, 공포, 양심의 가책과 같은 감정들이 수채 구멍으로 사라지는 오물처럼 싹 빨려나갔다.

지금은 아드레날린이 그를 지배했다.

손가락 하나 잘려서는 아픔을 모를 것 같았다.

아니, 어쩌면 팔을 하나 잃어도 모를 것 같았다.

그제야 총에 맞은 적들이 쓰러지지 않는 이유를 알 것 같았다.

적이 왜국 말로 소리치며 그에게 달려들었다.

그러나 이혼은 피하지 않고 오히려 앞으로 몸을 날렸다.

쾅!

그와 부딪친 적이 비틀거렸다.

이혼은 두 손으로 잡은 칼을 비스듬히 내리쳤다.

어깨부터 가슴까지 일자로 잘리며 피가 튀었다.

피를 얼굴에 뒤집어 쓴 이혼은 앞으로 계속 걸어갔다.

옆에서 창을 찌르던 적에게 칼을 힘껏 휘둘렀다.

적이 찌른 창은 방탄조끼에 막혔다.

반면, 그가 휘두른 칼은 창을 쥔 적의 팔을 단숨에 잘라냈다.

바닥에 떨어진 팔이 지렁이처럼 꿈틀거렸다.

이혼은 잘린 적의 팔을 걷어찼다.

잘린 팔이 허공을 빙글빙글 돌며 살수차처럼 피를 뿜어냈다.

예상치 못한 이혼의 분전에 힘을 얻은 것은 도원수부 병력이었다. 그들은 적을 다시 바위 밑으로 밀어내기 시작했다.

그리곤 적이 쌓은 시체 계단을 무너트렸다.

적 기병에게 발목이 잡혀있던 금군이 이혼 쪽으로 달려왔다. 도원수부에 넘겼던 이혼의 호위를 다시 하기 위해서였다.

그때였다.

시체계단이 무너지려는 바로 그 순간.

붉은 갑옷에 피 칠을 한 적 하나가 훌쩍 뛰어 올라왔다.

뿔이 달리 투구를 썼으며 양 손에는 왜도를 한 자루씩 쥐었다.

적장 사나다 노부시게였다.

사나다 노부시게는 왜도로 막아서는 도원수부 병력을 베었다.

그 역시 뒤에서 날아든 창에 찔렸으나 상관없다는 듯 계속 앞으로 몸을 날렸다. 사나다 노부시게는 앞을 막아서는 도원수부 병력을 차례차례 쓰러트려나갔다. 그의 왜도가 춤을 출 때면 피와 비명이 같이 따라왔다. 전장의 사신이었다.

수십이던 도원수부 병력 중 마지막 남은 병력이 베어 쓰러졌다. 죽어가던 도원수부 병사가 사나다 노부시게의 다리를 잡았다. 사나다 노부시게는 칼을 휘둘러 팔을 잘라버렸다.

그리곤 고개를 돌려 이혼을 노려보았다.

이혼은 살기라는 게 뭔지 그때 처음 알았다.

사나다 노부시게의 눈에 떠오른 붉은 빛이 이혼을 꿰뚫었다.

"으아악!"

기합성을 지른 사나다 노부시게가 앞으로 달려왔다.

쓰러져있던 조내관이 일어나 그런 노부시게 앞을 막아섰다.

좌아악!

엄청난 피 보라가 일며 조내관의 몸이 허물어졌다.

"조내관~!"

이혼이 소리쳐보았으나 조내관은 움직이지 않았다.

권율이 조내관 대신에 이혼 앞을 막아섰다.

사나다 노부시게가 권율을 향해 몸을 날랐다.

캉캉캉!

눈에 보이지 않을 만큼, 빠른 속도로 칼과 왜도가 부딪쳤다.

사나다 노부시게는 권율이 만만치 않은 상대임을 직

감했다.

권율은 조선 육군을 지휘하는 도원수였다.

기본 실력이 없다면 절대 올라갈 수 없는 자리였다.

사나다 노부시게는 영리했다. 바로 전술을 바꿨다. 기술이 아니라, 힘으로 밀어붙였다. 탁월한 선택이었다. 나이가 든 권율의 약점은 힘이 예전만 못하다는 것이었다. 사나다 노부시게는 권율의 칼을 완력으로 밀어내며 꾸준히 전진 했다.

사나다 노부시게의 힘에 밀리던 권율 역시 전술을 바꾸었다.

슬쩍 빈틈을 드러내며 젊은 사나다 노부시게의 경솔함을 이끌어내려 하였다. 사나다 노부시게는 그에 비해 서른 살이 젊었다. 권율이 빈틈을 드러냈다고 생각했는지 사나다 노부시게가 약점을 향해 번개 같은 솜씨로 왜도를 뿌려왔다.

권율은 노련한 수법을 선보였다.

반 보 옆으로 이동해 자신의 약점을 순식간에 없앴다.

그리고 허공을 헛친 사나다 노부시게를 응징하려하였다.

그러나 이는 사나다 노부시게를 파악하지 못한 권율의 실수였다. 아니, 정보력의 부재로 인한 인재라 할 수 있었다. 사나다 노부시게는 눈에 띄는 자가 아니었다. 일국의 영주도 아닐뿐더러, 눈에 띄는 활약을 펼친 적장도 아니었다. 우에다성의 성주 사나다 마사유키의 둘째 아들에 불과했다.

사나다 노부시게는 일단 권율의 의도대로 따라주었다.

촤악!

권율의 칼이 사나다 노부시게의 옆구리를 가르며 깊은 상처를 만들었다. 조금 더 깊었으면 내장이 쏟아졌을 상처였다.

평범한 사람이었다면 옆구리를 부여잡고 주저앉았을 것이다.

그러나 사나다 노부시게는 피를 뿌려가며 앞으로 달려갔다. 권율이 약점을 만들기 위해 이동한 틈을 역이용한 것이다. 이제 사나다 노부시게와 이혼 사이에는 방해물이 없었다.

이혼은 본능적으로 손이 먼저 나갔다.

사나다 노부시게에게 여유를 주면 필패라는 것을 직감했다.

그리고 그 필패는 목이 날아간다는 의미였다.

이혼이 뿌린 검이 달빛을 받아 번쩍이며, 사나다 노부시게의 목을 베어갔다. 젖 먹던 힘까지 전부 쥐어짜낸 일격이다.

사나다 노부시게는 고개를 옆으로 틀었다.

좌악!

왼쪽 귀가 잘리며 피가 쏟아졌다.

상처는 아주 중했지만 목숨을 위협할 정도는 아니었다.

회심의 일격이 실패한 것이다.

이혼은 칼을 회수해 다시 공격하려 하였다.

그러나 그걸 보고 있을 사나다 노부시게가 아니었다.

회수되는 칼을 노리고 수중의 왜도를 세차게 뿌렸다.

마치 독수리가 공중에서 먹잇감을 낚아채는 듯했다.

캉!

쇳소리가 울린 후 이혼의 손을 떠난 칼이 허공으로 솟구쳤다.

이혼은 손아귀가 찢어지는 아픔에 눈을 크게 떴다.

그때, 사나다 노부시게의 두 번째 칼이 얼굴을 향해 날아왔다.

섬전처럼 빠른 연계동작이었다.

이혼은 급히 고개를 돌렸다.

이마와 뺨 부분이 거의 동시에 화끈거렸다.

이혼은 본능적으로 손을 올려 왼쪽 얼굴을 지혈했다.

부들부들 떨리는 손가락 사이로 붉은 피가 방울지어 떨어졌다.

그 사이, 자세를 바꾼 사나다 노부시게가 세 번째 칼을 날렸다.

앞선 두 번과는 차원이 다른 칼이었다.

더 빠르고 강력했다.

마치 뿌연 광채가 몸을 갈라오는 듯했다.

이혼은 그 자리에 얼어붙었다.

손가락 하나 까딱할 수 없었다.

그저 날아오는 칼을 보며 자리에 우두커니 서있을 따름이었다.

그때, 누가 그의 허리띠를 와락 잡아 당겼다.

얼마나 우악스럽던지 몸이 파도처럼 출렁일 정도였다.

이혼은 뒤로 나가떨어졌다.

머리가 바위에 부딪쳤는지 깨질 듯이 아팠다.

헛구역질이 일었다.

이혼은 필사적으로 고개를 들어 정면을 쳐다보았다.

방금 전까지 그가 서있던 자리에 시커먼 그림자가 서있었다.

푹!

날카로운 흉기가 사람의 몸을 관통하는 소리가 들렸다.

살갗을 가르고 장기를 찢고 뼈를 부수는 소리였다.

소름끼치는 소리였다.

사나다 노부시게의 칼이 시커먼 그림자의 복부를 관통했다.

배를 가르고 들어가 등뼈를 부수며 튀어나왔다.

이혼의 눈이 커졌다.

그림자의 등이 어딘지 모르게 익숙했다.

사시나무처럼 몸을 떨던 그림자가 고개를 돌렸다.

달빛이 일그러져있는 얼굴 반쪽을 비췄다.

기영도였다.

인사불성이던 기영도가 나타나 그 대신 칼을 맞았다.

"부, 부디 성, 성군이 되십시오."

그 말을 남긴 기영도가 고개를 다시 돌리더니 사나다 노부시게의 팔뚝을 잡았다. 그리곤 칼을 빼지 못하게 힘을 주었다.

사나다 노부시게는 기영도의 팔을 뿌리쳤다.

엄청난 완력이었다.

죽음을 목전에 둔 기영도가 막기엔 무리였다.

사나다 노부시게가 허리춤에 있던 두 번째 칼을 뽑았다. 처음 칼에 비해 길이는 짧았으나 사람을 죽이는 데는 문제없었다.

그러나 두 번째 칼을 뽑는 그 순간이 문제였다.

1초, 아니 0.5초 지체한 그 시간이 문제였다.

뒤에 쳐져있던 권율이 사나다 노부시게의 등에 칼을 내리쳤다.

촤아악!

갑옷이 잘리며 피가 튀었다.

등뼈를 가르진 못했지만 치명적인 상처였다.

잠시 멈칫한 사나다 노부시게가 고개를 돌려 권율을 보았다.

무심한 눈이었다.

무슨 생각을 하는지 알기 어려웠다.

권율은 사나다 노부시게를 멈추기 위해 다시 칼을 베어갔다.

카앙!

사나다 노부시게의 칼은 여전히 위력적이었다.

권율이 휘두른 칼은 도중에 막혀 옆으로 빗나갔다.

사나다 노부시게는 호구가 빈 권율의 가슴에 발길질을 하였다.

걷어차인 권율이 1미터를 날아가 바닥에 쳐 박혔다.

권율을 밀어트린 사나다 노부시게가 다시 이혼에게 걸어갔다.

이혼은 머리가 어지러워 제 한 몸 추스르기 어려웠다.

일어나야한다는 것을 알았지만 몸이 말을 듣지 않았다.

그때, 몸에 칼이 박힌 채 우두커니 서있던 기영도가 쓰러졌다.

그리곤 팔을 뻗어 사나다 노부시게의 다리를 잡았다.

사나다 노부시게는 칼을 휘둘러 기영도의 팔을 잘랐다.

그러나 사람의 뼈는 칼로 자르기 어려웠다.

도끼처럼 몇 번 더 후려친 후에야 기영도의 팔을 떼어냈다.

기영도마저 물리친 사나다 노부시게가 칼을 두 손으로 잡아 위로 끌어올렸다. 그리곤 이혼의 머리를 향해 내리찍었다.

탕!

총성이 울렸다.

기영도는 칼을 든 자세 그대로 서 있다가 고목이 쓰러지듯 천천히 뒤로 넘어갔다. 그리고는 쿵하는 소리가 울려 퍼졌다.

이혼의 시선이 옆으로 돌아갔다.

그곳에 피를 철철 흘리는 조내관이 용아를 들고 서있었다. 조내관은 이혼을 향해 뭐라 입을 열려다가 앞으로 쓰러졌다.

이혼은 일어나려 했지만 다리가 후들거려 일어날 수 없었다.

바닥을 기어간 이혼이 조내관을 흔들었다.

그러나 눈을 감은 조내관은 미동도 없었다.

이혼은 다시 반대편에 있는 기영도 쪽으로 기어갔다.

기영도의 피가 군복을 차갑게 적셨다.

그러나 이혼은 피바다 속에 누워있는 기영도를 계속 흔들었다.

기영도 역시 움직임이 없었다.

둘 다 장렬한 전사였다.

마지막까지 주군을 위해 제 한 몸을 희생한 것이다.

가슴을 채여 나가떨어진 권율이 달려와 사나다 노부시게가 쥐고 있던 칼을 빼어 바깥으로 던져버렸다. 그리곤 목에 칼을 내리쳤다. 한 번, 두 번, 세 번. 그르렁거리던 사나다 노부시게가 그제야 움직임을 멈췄다. 이혼은 벽에 기대 그런 사나다 노부시게를 보았다. 적장이지만 대단한 자였다.

솔직히 감탄했다.

용미가 멀쩡했다면 벌써 그 자신을 쏴도 여러 번 쐈을 것이다.

"전하~!"

권율이 달려와 이혼의 상태를 살폈다.

이마부터 시작된 검상이 뺨을 지나 턱 끝까지 나있었다.

피는 다행히 멈췄지만 살이 벌어져 꽤 중한 상처로 보였다.

"괜찮으시옵니까?"

고개를 끄덕인 이혼은 권율의 부축을 받아 일어섰다.

다리가 후들거렸지만 곧 자기 힘으로 설 수 있었다.

"전황은 어떻소?"

그 말에 권율이 사람을 풀어 상황을 살폈다.

사나다 노부시게가 데려온 사나다기병은 거의 정리된 상태였다. 사나다 노부시게가 마지막 불꽃이었던 듯 저항하던 소수는 스스로 목숨을 끊었다. 몇몇은 금군의 칼을 빌려 자결했다. 금군 피해도 만만치 않았다. 100명이던 금군이 대장 기영도 등을 비롯해 거의 70여 명 가까이 전사했다.

살아남은 금군 부대장이 팔에 붕대를 감은 채 전열을 수습했다. 살아남은, 그리고 거동이 가능한 금군 열 명이 이혼의 호위를 담당했다. 사실, 이번 전투에서 가장 큰 피해를 입은 곳은 금군이 아니라, 도원수부였다. 금군의 병력이 부족해 도원수부가 권율의 호위와 이혼의 호위를 같이 담당했는데 그 바람에 엄청난 수가 적 기병에게 몰살을 당했다.

금군과 도원수부가 붕괴된 사령부의 정비에 막 나섰을 무렵.

수세에 몰렸던 조선군이 마침내 반격하기 시작했다.

사나다기병을 중심으로 진격해왔던 적은 사나다기병이

무너지며 급속도로 밀리기 시작했다. 더구나 3사단을 전열에서 이탈시켜가며 보호했던 포병여단이 제 힘을 내기 시작했다.

신용란이 적진에 떨어지며 공세에 나섰던 적을 무너트려갔다.

김덕령의 3사단 역시 포병여단 호위임무에서 해방되어 전선에 재투입되었다. 먼저 무너진 곳은 쵸소카베군이었다. 쵸소카베군은 2사단과 3사단의 협공에 포위당해 큰 피해를 입었다.

결국, 쵸소카베 모리치카가 난전 중에 전사하며 승패가 급격히 한쪽으로 기울었다. 3사단은 도망치는 쵸소카베군을 추격해 심대한 타격을 입혔다. 그리고 그 사이, 2사단은 다른 부대를 지원하며 모리 카츠나가군을 궤멸직전까지 몰았다.

적장 모리 카츠나가는 간신히 목숨을 건져 도망쳤지만 7천이던 병력 중에 살아 돌아간 자는 손으로 꼽을 지경이었다.

모리 카츠나가마저 패퇴시킨 조선군은 전력을 중앙에 집중했다. 사나다 노부유키가 죽으며 기세는 크게 죽었지만 사나다가문이 주력을 구성한 적의 중군은 여전히 강력했다.

거기에 아카시 테루즈미의 조총부대가 뒤를 받치는 형

상이라, 조선군도 쉽사리 승기를 잡지 못했다. 이 중군을 격파하지 못하면 전투가 장기전으로 흐를 가능성이 아주 높았다.

전투는 다음 날 오후까지 이어졌다.

서로 치명적인 일격을 날리지 못한 상태로 전황이 계속 지속되었다. 한데 먼저 무너진 쪽은 오히려 수비하는 적이었다.

적은 낭인으로 구성되어있었다.

낭인은 주군에 대한 충성도, 뚜렷한 목적도 없는 자들이었다.

지금까지는 승세를 타고 있어 그 단점이 별로 드러나지 않았지만 수세로 돌아선 후에는 그 단점이 부각되기 시작했다.

적은 하루가 다르게 병력이 줄었다.

조선군이 잘 싸워서가 아니라, 적이 알아서 도망치는 중이었다.

거기에 5사단이 담당한 보급부대가 도착했다.

그 동안 소모한 죽폭과 연폭, 각 종 포탄 등을 재보급 받았다.

조선군은 화력을 앞세워 총공격을 가했다.

사나다 마사유키와 아카시 테루즈미가 끝까지 남아 저항해 보았지만 기세가 오른 조선군을 막아내지 못했다. 사나다 노부시게의 돌진은 왜군의 사기를 올려준 게 사실이었다.

반대로 그런 돌진을 막아낸 조선군 역시 얻은 게 있었다. 자신감이었다. 이젠 적의 어떤 공격도 두렵지 않았다. 바닥까지 드러내가며 싸웠던 진흙탕 싸움에서 승리한 덕분이었다.

오사카전투가 벌어진지 4일째 되는 날.

사나다 마사유키가 진중에서 스스로 목숨을 끊었다.

가문을 잘 이끌었는지 그가 죽을 때 가신 여럿이 따라 죽었다. 지금도 왜국에선 영주가 죽을 때 순장하는 풍습이 있었다.

심지어 가신과 여인이 얼마나 죽는지에 따라 죽은 영주에 대한 평가가 달라졌다. 많이 죽을수록 훌륭한 자로 통했다.

아카시 테루즈미는 최후까지 남아 저항했지만 2사단의 공격과 3사단의 후위기습을 받아 결국 목숨을 잃었다. 아카시 테루즈미의 죽음으로 오사카성 주전파는 그 명을 다했다.

이혼은 한 차례 전열을 정비한 다음, 오사카성 진공을 명했다.

요도가와강에 놓인 다리를 건넌 조선군은 오사카성 북쪽에 진주했다. 그리곤 원래 계획대로 포병을 앞세워 포격했다.

해자는 소용없었다.

도쿠가와 이에야스가 공성을 주저하게 만들었던 오사카성의 요도가와강과 안쪽 해자는 조선군에게 장애가 되지 않았다.

조선군에는 대룡포가 있었다.

대룡포로 포격한지 반나절 지났을 무렵.

오사카성의 북쪽 성벽이 굉음과 함께 무너져 내렸다.

병력의 손실 없이 이뤄낸 쾌거였다.

적은 성벽을 방어하기 위해 조총을 쏘았지만 대룡포에 맞을 리 만무했다. 그저 손가락을 빨며 지켜보는 수밖에 없었다.

조선군의 포격을 막아내는 유일한 방법은 하나였다.

주전파가 했듯 성을 나와 직접 공격하는 것이었다.

그러나 오사카성의 수뇌부들, 특히 실권을 쥔 요도도노는 조선군의 포격에 거의 정신이 나가있는 상황이었다. 조선군의 포탄이 성벽이 아니라, 그녀와 그의 아들이 살고 있는 혼마루에 떨어지면 이 세상에 그거보다 끔찍한 일이 없었다.

조선군은 북쪽 성벽에 이어 니노마루를 직접 포격하기 시작했다. 결국, 버티지 못한 수뇌부는 다차바나 무네시게를 조선군 쪽에 보냈다. 그리고 협상할 뜻이 있음을 내비쳤다.

다음 날, 다치바나 무네시게가 최소의 인원만 대동한 채 오사카성을 나와 해자를 건넜다. 그리고 조선군 진중에 도착했다.

이혼은 포병여단에 포격을 멈추라 지시했다.

"협상은 도원수가 하도록 하시오."

"예, 전하."

"다치바나 무네시게에게 이걸 보여주도록 하시오."

이혼은 사명대사가 도쿠가와 이에야스에게 받았던 위임장을 권율에게 주었다. 권율은 위임장을 품에 안고 협상장에 들어섰다. 두 사람은 한동안 말없이 상대의 얼굴을 응시했다.

얼굴을 맞댄 건 처음이지만 서로의 이름은 익숙한 편이었다.

권율은 이치, 웅치전투에서부터 왜군에 이름을 알렸다. 그리고 그 후에는 도원수로 조선군 전체를 지휘했다. 왜군의 척결 1순위는 세자, 그리고 나중에 보위에 오른 이혼이지만 2순위는 왜국 수군에 굴욕을 안긴 이순신과 육군을 지휘하는 권율이었다. 한편, 다치바나 무네시게 역시 조선군 내에 이름이 나있는 편이었다. 이혼을 거의 사지에 몰았던 적도 있고 벽제관에서 고바야카와 다카카게와 함께 이여송의 명군을 격파해 조선과 명나라 양쪽에 무명을 날렸다.

연장자이며 칼자루를 쥔 권율이 먼저 입을 열었다.

“우린 오사카성을 점령해 귀공의 주인을 죽이려는 게 아니오.”

조선말을 아는 왜국 역관이 권율의 말을 통역했다.

그 말을 듣는 순간, 다치바나 무네시게의 눈이 살짝 커졌다.

8장. 최후의 결전(決戰)

8장. 최후의 결전(決戰)

이혼은 군의의 치료를 받으며 회담의 진행상황을 보고 받았다.

군의는 먼저 이혼의 얼굴에 감은 붕대를 천천히 풀었다.

지혈이 쉽지 않아 몇 시간 전에 감은 붕대가 벌써 시뻘겠다.

지루한 시간이 흐른 후에야 붕대가 끝을 드러냈다.

답답하던 한쪽 시야가 확 트였다.

눈을 몇 번 깜박이는 순간, 흩어졌던 초점이 돌아왔다.

이혼은 얼굴에 입은 상처를 동경에 슬쩍 비춰보았다.

왼쪽 이마에서 시작된 검상이 뺨을 지나 턱까지 나있었다. 군의가 봉합수술을 할 줄 모르기에 일단 창상약(創傷

藥)을 발라 급한 불을 껐다. 그러나 창상약은 창상약일 뿐이었다.

이혼은 군의의 실력을 믿었다.

그러나 이런 종류의 도검상(刀劍傷)에는 군의의 지식과 경험이 제몫을 하지 못했다. 오히려 이혼의 지식이 더 나았다.

이혼은 상처를 이리저리 돌려보며 군의에게 물었다.

"상처가 남겠지?"

군의가 고개를 떨어뜨렸다.

"송구하옵니다."

"군의가 송구할 게 뭐있나. 과인이 잘 피하지 못한 탓일진데."

"조내……."

이혼은 습관적으로 옆을 돌아보며 조내관을 부르려다가 급히 입을 다물었다. 조내관은 이미 이 세상 사람이 아니었다.

이혼은 가슴 속에서 무언가 뜨거운 게 울컥 올라오는 느낌을 받았다. 그리곤 코끝이 찡해지며 눈시울이 뜨거워졌다.

눈을 감은 이혼은 마음이 정리되기를 기다렸다.

군의는 이혼의 마음을 아는지 조용히 시립해있었다.

한참만에야 눈을 뜬 이혼은 군의에게 명했다.

"독한 술을 가져오게."

"상처가 중하여 당분간은 금주를 하시는 게 좋사옵니다."

그 말에 이혼은 오사카혈전 이후에 처음으로 미소를 드러냈다.

"마시려는 게 아닐세."

그 말에 안심한 군의는 밖에 나가 독한 술을 찾았다.

진중에는 당연히 그런 게 있을 리 없어 병력을 근처에 풀었다.

잠시 후, 어렵게 구해온 독주가 이혼 앞에 놓였다.

이혼은 뚜껑을 따서 냄새를 맡아보았다.

독한 냄새가 코를 톡 쏘았다.

이혼이 찾던 증류주였다.

이혼은 천에 증류주를 묻혀 상처에 바른 창상약을 닦아냈다.

약이 사라지며 상처가 좀 더 선명하게 드러났다.

피부 사이에 지진이 난 듯 홈이 깊게 파여 있었다.

창상약을 발라서는 언제 붙을지 알 수 없는 일이었다.

아니, 그 전에 감염으로 죽을 위험성이 높았다.

지금도 몸이 후끈거리는 게 기분이 영 좋지 않았다.

이혼은 군의에게 바늘을 가져오게 했다. 그리고 그 바늘을 촛불에 달궜다. 빨갛게 달아오를 때까지 달군 다음, 증류주에 넣어 소독했다. 소독을 마친 후에는 바늘귀에 실을 꿰었다.

이혼은 남은 증류주를 입에 살짝 가져갔다.

식도에 불이 난 듯 화끈거리며 몸이 후끈 달아올랐다.

이혼은 걱정스레 지켜보던 군의에게 바늘을 내밀었다.

"상처를 꿰매주게."

"바, 바늘로 말이옵니까?"

"상처를 빨리 아물게 하려면 봉합이 최선일세."

이혼의 강권, 아니 명령에 군의는 침을 꿀꺽 삼켰다.

군의에게 바늘은 익숙한 도구였다. 침과 비슷한 것이다. 처음에는 긴장하는 듯 보였던 군의가 살점에 바늘을 찔러 넣었다. 옆에서 지켜보던 금군 대원들이 고개를 옆으로 돌렸다.

"으음."

이혼은 술기운으로 고통을 참았다.

마취 없이 생살을 꿰매는데 아프지 않을 사람은 없었다.

하지만 정신을 놓을 수가 없었다.

동경으로 상처를 비춰가며 군의에게 지시를 내려야했다.

상처를 꿰매는데 총 세 시간이 걸렸다. 바늘도 몇 번 교체했다. 봉합을 마친 군의는 땀에 흠뻑 젖어 주저앉았다. 사람 살에 바느질 해본 게 처음이리라. 아니, 바느질 자체가 처음일 것이다. 더구나 임금이었다. 실수는 용납되지 않았다.

이혼 역시 땀으로 흠뻑 젖기는 마찬가지였다.

독한 술로 고통을 잊어보려 했지만 그게 쉽지 않았다.

바늘이 생살을 찌를 때마다 주먹을 쥐었더니 끝나고 난 후에도 손에 피가 통하지 않아 갓 태어낸 애기 손처럼 하얬다.

이혼은 봉합한 상처를 동경에 비춰보았다. 괜찮았다. 프랑켄슈타인처럼 보였지만 어쨌든 소독만 잘하면 괜찮아질 것이다.

증류주로 상처를 씻어낸 이혼은 붕대를 감아 치료를 마쳤다.

이혼은 이때 몰랐지만 봉합을 도운 군의는 나중에 조선 최초의 외과의사가 되었다. 이번 치료가 그에게 영감을 준 것이다.

이혼이 치료하는 사이, 권율과 다치바나 무네시게의 회담이 끝났다. 결과는 이혼이 기대한 대로였다. 이혼은 도요토미 히데요리에게 연좌제를 적용하지 않았다. 대신, 도요토미 히데요리는 아버지 도요토미 히데요시가 조선을 두 차례에 걸쳐 침략한 일에 대해 문서를 작성해 공개적으로 사죄함과 동시에 물질적, 정신적 피해보상을 지급하기로 하였다.

그러나 화장실 들어갈 때의 마음과 나올 때의 마음이 다르다는 말처럼 나중에 말을 번복할 수 있기에 1차 보상을 바로 해 달라 요청했다. 도요토미 히데요리, 아니 요도도노는 조선군을 하루라도 빨리 오사카성 앞에서 치우는 게 목표였던지라, 달라는 보상금을 내어주었다. 도요토미 히데요시가 생전에 남긴 황금 수 톤이 조선군 수중에 들어왔다.

물론, 권율은 이혼이 준 위임장을 협상책으로 사용했다.

사명대사가 포로를 교환하기 위해 왔다가 도쿠가와 이에야스를 만나 작성했던 위임장으로 인장이 찍힌 공식 문서였다.

위임장의 내용은 하나였다.

지금까지 벌어진 모든 전쟁의 책임이 도요토미 히데요시에게 있다는 내용이었다. 이는 에도막부와 도요토미 히데요시 사이에 선을 긋는 내용으로 도요토미를 압박하기 좋았다.

다음 날, 부상을 회복해야하는 이혼을 위해 권율이 오사카성에 들어갔다. 그리고 도요토미 히데요리에게 공식적인 사과를 받았다. 도요토미 히데요리의 가신 중 하나가 쓴 사과문은 계속 겉돌았으나 전날 협상한 결과가 들어가 있었기에 문제 삼지 않았다. 이제 막 수염자국이 생기기 시작한 도요토미 히데요리는 겁을 먹은 얼굴로 권율 등을 대접했다.

권율은 반나절 가량을 오사카성 안에서 보낸 다음, 군영으로 돌아와 이혼에게 그 동안에 있었던 일을 상세히 보고했다.

이혼은 상처가 욱신거려 오래 앉아있기 힘들었다.

반쯤 누운 상태로 권율의 보고를 받던 이혼이 물었다.

"보상금은 받았소?"

"1차 보상금은 지급받았사옵니다."

"2차 보상금은?"

"나중에 준다고는 하는데 가능성이 없는 얘기일 것이옵니다."

권율의 말에 이혼도 고개를 끄덕였다.

"그렇겠지."

오사카 일을 마무리 지은 이혼은 전열을 수습해 다시 북상했다. 이제 남은 것은 무사히 돌아가는 일이었다. 목적을 이뤘다고 해도 고국에 귀환하지 못하면 그게 무슨 소용이겠는가. 지금부턴 이 나라를 무사히 떠나기 위해 싸워야했다.

오사카전투는 혈전이었다.

말 그대로 피가 튀는 전투였다.

국정원 등이 파악한 피해는 양측 모두 극심했다.

오사카군의 피해는 전사 1만5천, 부상 2만, 탈주 1만에 달했다. 열흘이 넘지 않는 기간 동안 3만5천명이 죽거나, 다쳤다.

조선군 피해 역시 만만치 않았다.

사단장 황진, 금군 대장 기영도 등이 전사한 것을 포함해 전사 3천, 부상 4천으로 거의 7천에 가까운 피해를 입었다.

숫자만 보면 조선군이 전투 내내 압도한 거처럼 보이지만 양측이 가진 화력을 고려할 경우, 조선군 쪽이 고전한 전투였다. 뒤를 생각지 않은 적의 공세에 패배직전까지 몰렸었다.

이혼은 묵룡이 거친 길에 들어설 때마다 얼굴이 욱신거렸다.

한쪽 얼굴이 활활 타는 느낌이었다.

이혼은 묵룡의 속도를 조절하며 뒤를 돌아보았다.

부상병 천지였다.

다리가 멀쩡한 병사는 제 발로 걷고 있었지만 그렇지 못한 병사들은 마차나, 말 등에 실려 움직이고 있었다. 피해는 점점 늘어났다. 중상을 입은 병사들이 고비를 넘기지 못하고 사망해 반나절마다 죽은 병사의 시신을 모아 화장했다.

이는 황진과 기영도 등도 마찬가지였다.

시신이 부패할 위험이 아주 많은지라, 화장해 유골을 수습했다.

그렇다고 부상을 입지 않은 병사들이 멀쩡한 것도 아니

었다. 그들은 육체적, 그리고 정신적인 만성피로에 시달리고 있었다. 체력은 이미 바닥난 지 오래였다. 그저 정신력으로 버티는 수밖에 없었는데 그 정신력마저 금이 가기 시작했다.

지금 시대에 외상 후 스트레스증후군에 대한 개념이 있을 리 없었다. 그래서 전투에 참가한 병사들이 사회생활에 적응하지 못하는 것을 두고 개인의 문제라 치부하는 경우가 많았다. 혈전을 치룬 병사가 멀쩡하면 그게 더 이상할 것이다.

조선은 자랑하던 강군은 안팎이 모두 곪아있었다.

살짝 꼬집어도 그 안에 든 썩은 고름이 튀어나올 상황이었다.

터벅터벅 걸어가는 병사들의 표정에는 생기가 전혀 없었다. 오사카전투의 승리가 가져온 성취감은 사라진지 오래였다.

그들은 다시 한 번 격전을 치를 예정이었다. 그것도 오사카에 있던 적의 병력과 비교하기 어려울 정도의 대군이 새로운 상대였다. 조선군은 마치 도살장에 끌려들어가는 돼지처럼 걷고 있었다. 이미 희미한 피 냄새가 진중에 진동했다.

아무리 무서운 야수라고 해도 상처를 입으면 떠돌이 들개 떼에게 잡아먹히기 마련이었다. 한데 지금은 들개가 아니라, 같은 야수였다. 아니, 몸집이 그들보다 훨씬 큰 야수였다.

국정원이 급히 조사해 보내온 정보에 따르면 다지마에 모여 있는 적은 물경 10만에 달했다. 도쿠가와 이에야스가 기다리던 간토연합군이 막 도착해 이에야스를 지원하고 있었다.

더구나 그 적은 조선군이 가는 길을 막고 있었다.

그 길을 우회하려면 험한 산맥을 지나야하는데 최소 보름, 아니 한 달이 더 걸리는 일정이었다. 그리고 그 길로 간다고 해서 안전한 것도 아니었다. 오히려 더 위험할지 몰랐다.

이혼은 권율을 보내 도쿠가와 이에야스와 협상을 벌였다. 도쿠가와 이에야스 측도 측근을 내보내 협상에 응했으나 양 측의 입장 차이가 컸다. 조선은 도쿠가와 측에 조건 없는 휴전과 안전한 귀향을 요구했다. 그러나 도쿠가와 측에선 도요토미가 내준 황금을 회수해야한다는 입장을 고수했다.

그들 말에 따르면 이는 배상금이 아니라, 국부 유출이었다. 그리고 왜국을 침략한 대가로 권율, 이순신 등 조선군 수뇌부가 왜국의 법에 따라 처벌 받아야한다는 입장을 고수했다.

마치 선심을 쓰듯 그 명단에 이혼의 이름은 없었지만 어쨌든 절대 들어줄 수 없는 요구였다. 결국, 평행선을 달리던 협상은 결렬되었다. 이젠 전투 밖에 남아있지 않았다. 그나마 다행인 점은 보급부대로 나섰던 5사단이 합류해 근위군의 병력이 조금 늘었다는 점이었다. 물론, 5사단이 근위군에 합류하며 보급로는 완전히 끊겼다. 도쿠가와군을 뚫어내지 못하면 패해 죽거나, 굶어 죽거나 두 가지 중 하나였다.

이혼은 전투에 앞서 근위군 지휘관을 소집했다.

도원수 권율을 시작으로 근위군 사령관 권응수, 1사단장 김완, 2사단장 정기룡, 3사단장 김덕령, 5사단장 정문부, 포병여단장 장산호 등 조선군 수뇌부가 오랜만에 한자리에 모였다.

회의 분위기는 아주 어두웠다.

마치 패배한 후처럼 보였다.

이혼은 담담한 얼굴로 권율에게 고개를 끄덕였다.

신호를 받은 권율이 일어나 지도를 펼쳤다.

적과 아군의 진형을 그린 지도였다.

적은 다케다라는 이름의 성을 중심으로 방어진을 넓게 펼친 상태였다. 이곳에서 갓산토다성으로 가는 길은 다케다 왼쪽과 오른쪽, 두 곳에 있었다. 적은 그 중 주력을 왼쪽 길목에 배치한 상태였다. 반면, 오른쪽에는 병력이 별로 없었다.

한데 권율은 병력이 없을 거라던 오른쪽 길을 먼저 가리켰다.

"국정원이 알아낸 정보에 따르면 이곳은 함정이오."

그 말에 침묵을 지키던 장수들이 고개를 들어 권율을 보았다.

권율이 말을 이어갔다.

"적들은 왼쪽에 주력을 배치하는 척하며 오른쪽을 비워두었소. 우리가 오른쪽 길로 들어서면 협공해 포위할 심산이오."

권응수가 물었다.

"그럼 왼쪽을 쳐야하는 것입니까?"

그 말에 권율이 고개를 저었다.

"사실대로 말하면 왼쪽, 오른쪽 어딜 쳐도 승산은 희박하오. 오른쪽은 함정이고 왼쪽에는 적의 주력이 위치해 있소. 우리에게는 둘 다 쉽지 않은 길이니 차이가 없다고 봐야하오."

"으음."

회의장엔 침묵만이 흘렀다.

그때, 이혼이 오랜만에 입을 열었다.

"군량은 얼마나 있소?"

그 말에 권율이 서류를 뒤지며 대답했다.

"5사단이 마지막에 보급한 양이 꽤 많아 엿새는 버틸 수 있을 것이옵니다. 탄환을 비롯한 소모품 역시 마찬가지이옵니다."

"엿새라……."

중얼거린 이혼이 고개를 들어 배석한 장수들을 둘러보았다.

"장수들의 심정은 과인이 누구보다 잘 아오. 지쳤을 것이오. 피곤하기도 하겠지. 그리고 이 싸움도 승산이 없는 거처럼 보일 것이오. 과인이 보기에도 우리가 이길 확률은 없소."

그 말에 장수들이 고개를 떨어트렸다.

그때, 이혼이 탁자를 내리쳤다.

깜짝 놀란 장수들이 이혼을 다시 쳐다보았다.

"그러나 포기하지 마시오. 포기하지 않으면 기회는 있기 마련이오. 그리고 우리에게 어떤 최후가 기다리더라도 조선의 무사답게 긍지를 가지고 마지막까지 최선을 다해주길 바라오."

"예, 전하."

대답한 장수들은 병력을 지휘하기 위해 자기 부대로 출발했다.

권율이 흐트러진 지도를 정리하며 이혼에게 물었다.

"상처는 좀 어떠시옵니까?"

"이젠 좀 버틸만하군."

"다행이옵니다."

지도를 정리해 나가려던 권율에게 이혼이 불쑥 물었다.

"그 이야기는 왜 하지 않은 것이오? 아까 회의할 때 말이오."

그 말에 권율이 고개를 숙였다.

"이는 불확실한 내용이옵니다. 장수들에게 헛된 희망을 주어선 안 된다고 생각했사옵니다. 전하의 뜻과 달랐다면 용서하시옵소서. 그러나 소장의 생각은 변하지 않을 것이옵니다."

잠시 생각하던 이혼이 고개를 끄덕였다.

"과인 역시 도원수와 같은 생각이오. 헛된 희망을 품게 할 필욘 없지. 어쨌든 사람 마음대로 할 수 있는 일이 아니니까."

"그렇사옵니다. 인력으로 어쩔 수 없는 부분이옵니다. 그러나 소장은 승산이 있다고 생각하옵니다. 희망을 가지시옵소서."

군례를 취한 권율이 밖으로 나갔다.

한편, 홀로 남은 이혼은 국정원이 보낸 문서를 읽어 내려갔다.

국정원은 이 다케다란 지역을 5년 넘게 직접 관찰했다. 그리고 그 전에는 근처 토박이들을 상대로 탐문과정을 거쳤다.

이 주변에 살고 있는 백성을 제외할 경우, 이 다케다란 지역을 가장 잘 아는 곳이 조선 국정원일지도 모르는 일이었다.

"국정원의 말이 제발 맞았으면 좋겠군."

이혼의 말대로 국정원의 분석이 이번에도 맞아야했다.

그렇지 않다면 이혼은 살아서 왜국 땅을 벗어나기 어려웠다.

애초에 왜국 침략계획을 세울 때 가장 우려하던 순간이 지금이었다. 이혼의 목표는 처음부터 교토나, 막부가 아니었다.

바로 오사카성이었다.

조금 더 정확히 말하면 전쟁을 일으킨 도요토미가문의 공식적인 사과와 책임감을 가지고 하는 피해보상이 목적이었다.

이혼은 둘 다 이뤄냈다.

가시적인 성과를 넘어 완벽한 목적 달성이었다.

물론, 그 와중에 엄청난 피해를 입었다. 그러나 목적은 목적대로 실패하고 피해는 피해대로 입는 상황보단 훨씬 나았다.

이혼은 조선에서 전략을 구상할 때 머릿속으로 전쟁의 전개과정을 떠올려보았다. 대마도 상륙을 시작으로, 큐슈를 침공하는 게 그가 그린 첫 번째 그림이었다. 그림대로 된다면 혼슈에 있는 적의 전력을 큐슈로 돌리는데 성공할 수 있었다.

두 번째 그림은 대마도를 중간기지 삼아 조선군 주력을 오키섬에 상륙시키는 것이었다. 그리고 그 오키섬을 거점기지삼아 혼슈에 본격적으로 상륙하는 것이 세 번째 그림이었다.

네 번째 그림은 마쓰에항을 점령한 다음, 그 토대를 발판으로 갓산토다성 등 혼슈 중앙으로 가는 길을 구축하는 것이었다. 오사카성에서 목적을 이루는 게 다섯 번째 그림이었다.

이혼은 이 다섯 번째 그림까지는 별 무리 없이 떠올릴 수 있었다. 그러나 마지막 여섯 번째 그림에선 도통 진도가 나가지 않았다. 바로 살아서 조선으로 돌아가는 그림이었다.

그때, 해결책을 제시한 게 바로 국정원이었다.

국정원은 오차범위 안에서 정확한 날짜에만 이 다케다에 도착할 경우, 조선군은 살아서 귀국할 수 있다고 장담했다.

이혼은 도쿠가와 이에야스의 전술을 떠올려보았다.

그가 도쿠가와 이에야스였어도 그와 똑같이 행동했을 것이다.

조선군의 가장 큰 약점은 현재 보급이었다.

왜군이 조선을 침략했을 때 그들의 가장 큰 약점이 보급이었으니 도쿠가와 이에야스가 아니라, 다른 누구라 해도 조선군의 약점이 보급이라는 것을 쉽게 알 수 있을 터였다.

도쿠가와 이에야스는 정밀한 작전을 통해 보급선을 끊었다.

5사단과 해병대가 아무리 강해도 10만이 넘는 병력을 상대로 보급선을 지킬 순 없었다. 이혼은 이미 이런 상황을 예측했기에 실제로 벌어졌을 때 놀라거나, 당황하지 않았다.

이제 문제는 간단해졌다.

도쿠가와 이에야스를 뚫지 못하면 굶어죽는 수밖에 없었다.

이혼은 우선 기습부대를 편성해 도쿠가와 이에야스를 도발했다. 저번 전투에서는 도쿠가와 이에야스의 아들들이 이혼의 책략에 넘어가 전투에서 패배하고 자신들은 목숨을 잃었다.

그러나 이번엔 도발당하는 적이 하나도 없었다. 수십 명의 영주와 장수들이 있었지만 모두 굳게 지킬 뿐, 움직이지 않았다. 도쿠가와 이에야스의 군령이 지엄해 함부로 움직이지 못했다. 이에야스가 상황을 제대로 통제한다는 증거였다.

기습에 도발당하지 않는다면 남은 방법은 하나였다.

정공이었다.

이혼은 포병부대를 앞세워 도쿠가와진영을 포격했다.

그러나 이 방법 역시 실패로 돌아갔다.

도쿠가와 이에야스는 조선군과 맞싸워 이길 생각이 없는 것이 분명했다. 그저 포위망을 유지하는데 심혈을 기울였다.

"우릴 굶겨죽일 셈이군."

중얼거린 이혼은 군막을 나와 주변을 산책했다.

적과의 거리가 멀지 않아 금군이 눈에 불을 켠 채 호위했다.

다지마에 멈춘 지 이제 4일 째였다.

용아 탄환과 신용란은 꽤 아꼈지만 군량이 문제였다.

엿새로 예상했던 군량이 예상보다 훨씬 빨리 떨어지고 있었다.

이혼은 뒷짐을 쥔 채 하늘을 보았다.

자정이 갓 넘은 시각이었다.

오사카에 있을 때는 보름달이었는데 지금 보니 그믐달이었다.

시간이 빠르게 흘렀다.

마치 시한장치가 달린 폭탄 같았다.

째깍째깍 소리를 내며 파멸을 향해 달려가고 있었다.

이혼은 고개를 돌려 밤하늘 전체를 관찰했다.

은하수를 이루는 작은 점들이 백사장의 모래처럼 반짝였다.

맑았다.

맑아도 너무 맑아 가을의 청명한 하늘을 보는 듯했다.

저벅!

발소리를 들은 이혼은 고개를 돌려 뒤를 보았다.

도원수 권율이 방향을 바꿔 그 쪽으로 걸어오고 있었다.

잠시 긴장했던 금군 대원이 권율임을 알고 몸을 늘어트렸다.

"침소에 들지 않으셨사옵니까?"

권율이 다가와 물었다.

이혼은 다시 밤하늘 쪽으로 시선을 옮겼다.

"잠이 쉬이 오지 않는구려."

그 말에 이혼 옆에 선 권율이 고개를 들어 밤하늘을 보았다.

"아직 시간이 있사옵니다."

"알고 있소."

권율이 고개를 내려 이혼의 옆얼굴을 보았다.

"내일은 공격을 해보시는 게 어떻겠사옵니까?"

"전면공격 말이오?"

"그렇습니다."

"배를 채울 수 있을 때 싸우는 게 그나마 조금 낫다는 말이군."

"전술적인 의미도 있사옵니다."

"알겠소. 그리 하시오."

대답한 권율은 내일 작전을 짜기 위해 도원수 처소로 향했다.

혼자 남은 이혼은 잠시 밤하늘을 살펴보다가 침소에 들었다.

다음 날 아침, 대룡포의 포격을 시작으로 전투가 시작되었다.

오늘은 지난 4일 동안의 전투양상과 다르게 진행되었다.

대룡포의 엄호를 받은 2사단, 3사단, 5사단이 세 방향에서 공격을 개시했다. 조선군은 적 진영 앞 100미터까지 전진해 용아를 쏘고 죽폭을 던지고 소완구로 정밀 포격을 가했다.

그러나 거기까지였다.

도쿠가와 이에야스는 맞상대를 포기했다.

아니, 전투 자체를 피했다.

시간은 그의 편이었다.

괜히 전투양상으로 몰아가 손해를 볼 필요가 전혀 없는 것이다.

도쿠가와 이에야스가 진채를 뒤로 물리며 전투가 끝났다. 조선군은 더 이상 공격할 수 없었다. 포병 위치가 너무 뒤에 있어 보병만으로 공격했다가 무슨 일이 생길지 알 수 없었다.

그 날 오후, 포병을 앞으로 전개해 다시 싸움을 걸었다.

그러나 도쿠가와 이에야스는 냉정했다.

조선군이 접근해온 만큼, 다시 거리를 벌렸다.

무섭도록 냉정한 판단이었다.

속이 타는 쪽은 당연히 조선이었다.

그렇게 그날 하루도 별 소득 없이 끝났다.

아니, 오히려 손해였다.

공격에 쓴 탄환과 신용란이 만만치 않아 재고가 확 줄었다.

그 날 밤, 권율은 정신없이 뛰어다녀야했다.

3사단의 군량이 거의 떨어져 내일부터 먹을 게 없었다.

급히 1사단이 가진 군량을 3사단에 보급했지만 미봉책이었다.

그런 식으로 군량을 돌리다간 결국 모든 사단이 군량부족에 시달릴 것이다. 조선군 수뇌부의 시름이 점점 깊어져 갔다.

그 날 밤, 이혼은 권율을 불러 작전을 상의했다.

지도를 펼쳐놓은 이혼이 손가락으로 몇 군데 지점을 가리켰다.

"과인이 듣기로는 적이 이 지점까지 물러섰다는데 사실이오?"

권율이 눈으로 이혼의 손가락을 따라가며 대답했다.

"예, 맞사옵니다. 오후 공격 때 그쪽으로 진채를 물렸사옵니다."

이혼이 입맛을 다셨다.

"50미터, 아니 30미터만 더 몰아붙였어도 퇴로가 열렸겠군."

그 말에 권율이 고개를 저었다.

"적도 그걸 알기에 거기서 멈췄을 것이옵니다."

대낮에 한 공격의 효과가 전혀 없는 것은 아니었다.

도쿠가와 이에야스가 계속 후퇴하는 바람에 이혼이 마음속으로 생각한 퇴로와 조선군의 간격이 전보다 훨씬 좁혀졌다.

권율이 목소리를 낮췄다.

"내일이 마지막 기회일 것이옵니다."

"그 말은 군량사정이 그만큼 안 좋다는 거요?"

"그렇사옵니다."

"내일이라……."

잠시 말을 멈춘 이혼이 일어섰다.

"과인과 같이 밖으로 나갑시다."

이혼은 권율을 데리고 처소를 나와 하늘을 보았다.

그믐달이 약한 빛을 뿌려댔다.

다만, 어제와 다른 점이라면 쏟아질 거처럼 보이던 은하수의 별들이 거의 보이지 않는다는 점이었다. 산업공해가 있을 리 없는 시점이었다. 즉, 기후에 변화가 생겼다는 말이었다.

그때, 권율이 손가락에 침을 묻혀 허공을 몇 차례 쓰다듬었다.

이혼이 눈을 크게 뜨며 물었다.

"뭐하는 거요?"

"이렇게 하면 바람의 세기를 알 수 있사옵니다."

그 말에 이혼도 얼른 손가락에 침을 묻혀 권율을 따라했다.

처음에는 무슨 소린가 했지만 실제로 해보니 효과가 있었다.

바람이 불었다.

생각보다 강한 바람이 손가락 사이를 스쳐갔다.

어제는 마치 대기의 흐름이 죽어버린 듯 조용했는데 지금은 아니었다. 눈에 보이지 않는 대기가 하늘 위에서 요동쳤다.

이혼이 급히 고개를 돌려 권율을 보았다.

"바람이오?"

"그렇사옵니다. 그리고 소장이 저녁에 해보았을 때보다 더 강한 바람이옵니다. 내일은 틀림없이 더 강해질 것이옵니다."

"아!"

이혼은 자신도 모르는 사이에 소리를 질렀다가 실태를 깨닫고 급히 입을 다물었다. 국정원이 조사한 자료가 맞았던 것이다. 이혼은 눈앞에 실낱같은 희망이 생기는 걸 보았다.

그 날 밤, 선잠이 들었던 이혼은 대기가 요동치는 소리를 듣고 깨었다. 군막 밖에 있던 나무가 마치 춤을 추는 듯했다.

등화관제를 위해 닫아두었던 창문을 열었다.

바람이 강해져있었다.

이혼은 침상에 앉아 조용히 아침을 기다렸다.

다음 날 아침, 날이 밝기 무섭게 밖으로 나온 이혼은 하늘을 보았다. 시커먼 하늘은 당장이라도 비를 뿌릴 듯 보였다.

서둘러 아침을 먹고 군장을 착용한 이혼이 묵룡 위에 올랐다.

"전 군은 출정채비를 서두르라!"

이혼의 명은 곧바로 전 부대에 전해졌다.

병사들은 조금 남은 군량에 물을 말아 배를 채웠다.

그리곤 철모를 쓰고 방탄조끼를 입었다.

용아와 총검은 어제 이미 윤이 나도록 닦아두었다.

도원수부로 각 사단의 준비상황이 속속 들어왔다.

"1사단 출정채비를 마쳤사옵니다!"

"2사단도 출격명령을 기다리고 있사옵니다!"

"3사단과 5사단 역시 끝났다는 보고이옵니다!"

"포병여단이 전개 준비를 끝냈사옵니다!"

심호흡한 이혼이 허리에 찬 칼을 뽑아 북쪽을 가리켰다.

"출정하라! 목표는 북쪽에 있는 적 주력이다!"

"와아아!"

함성을 지른 조선군이 적진을 향해 달려갔다.

포병이 3사단의 호위를 받으며 가장 먼저 전개했다.

포병이 자리를 잡는 순간, 1사단, 2사단, 5사단이 세 방향에서 적 주력을 향해 공격을 시작했다. 이번에는 적도 물러서지 않았다. 여기서 물러서면 조선군에게 퇴로를 주는 셈인지라, 자리를 고수했다. 더욱이 그들이 조사한 정보에 따르면 조선군은 군량이 거의 떨어질 때가 가까워지고 있었다.

모든 지표가 그들에게 웃어주고 있었다.

조선군은 도쿠가와군이 세운 진채 앞에 도착해 용아를 쏘았다.

대룡포로 발사한 신용란이 떨어지고 있어 적은 반격할 엄두를 내지 못했다. 그저 엄폐할만한 곳에 들어가 몸을 감추는 것이 다였다. 후퇴만 하지 않았을 뿐이지, 전황은 달라진 게 없었다. 적은 여전히 전투를 벌이는데 소극적이었다.

언덕 위에 올라가 전황을 살피던 이혼은 권율에게 더 접근할 것을 주문했다. 잠시 후, 엎드려 사격하던 조선군 병사들이 일어나 적의 진채 쪽으로 달려갔다. 이제 양측의 거리는 50미터로 줄었다. 50미터면 적도 조총으로 사격이 가능한 거리였다. 조선군은 가용 가능한 화기를 모두 꺼내 들었다.

소완구로 쏘고 화차로 사격했다.

죽폭을 던지고 연폭으로 적의 시야를 가렸다.

치열한 총격전이 1시간 이상 지속되었다.

이혼은 다시 한 번 권율에게 진격을 명했다.

잠시 후, 명을 받은 조선군이 일어나 전 진채 쪽으로 달려갔다.

그런 조선군을 돕기 위해 포병여단은 계속 신용란을 발사했다.

콰콰쾅!

신용란이 떨어지며 진채를 지키던 적이 나가떨어졌다.

그리고 그들이 세운 목책이 산산조각 나 부서졌다.

이혼은 묵룡을 움직여 전선 가까이 접근했다.

이혼을 본 병사들이 힘을 내 적을 몰아쳤다.

전황은 치열했다.

적은 진채를 지키려했고 조선군은 이를 빨리 뚫어내려 하였다.

이혼은 옆에 있는 권율을 보았다.

담담한 표정이었다.

“조금 더 전진시키시오.”

이혼의 말에 권율이 다시 예하 부대에 지시를 내렸다.

조선군은 세 번째로 진격했다.

적의 진채 앞에 연폭이 만든 연기가 자욱하게 올라왔다.

조선군은 그 틈에 접근해 진채 외곽에 두른 목책을 넘어갔다.

이런 간격은 적이 좋아하는 간격이었다.

적들이 좋아하는 백병전 간격인 것이다.

이혼은 병사들을 사지로 내몰았다.

한데 이상한 점이 하나 있었다.

권율 역시 이혼의 명령에 토를 달지 않았던 것이다.

권율은 이혼에게 직언이 가능한 몇 안 되는 인물 중 하나였다.

물론, 권율에게는 그럴 자격이 충분했다.

지금까지 이혼이 세운 업적 중 일부는 권율의 몫이어야 했다. 이혼은 이를 존중해 권율의 조언을 잘 따르는 편이었다.

한데 그런 권율마저 이혼의 지시에 거부감을 드러내지 않았다.

장병들은 이해할 수 없었지만 명을 따랐다. 구태의연한 말처럼 들릴지 모르겠지만 명은 명이었다. 더구나 그게 전장이라면 항명은 곧 죽음을 의미했다. 장교와 병사들은 목책을 넘었다. 그리고 맹렬히 저항해오는 적을 향해 몸을 날렸다.

3사단장 김덕령은 이를 악물었다.

피로로 인해 어금니가 통째로 흔들렸다.

"1연대 2대대의 피해가 큽니다!"

"3연대 3대대가 지원을 요청하고 있습니다!"

"5연대 전체가 적의 협공에 당해 빠져나오지 못하는 중입니다!"

들려오는 소식이라곤 죄다 나쁜 내용뿐이었다.

김덕령은 수중에 쥔 칼을 옆에 있는 목책에 후려쳤다.

두꺼운 삼나무가 움푹 파이며 톱밥이 허공에 뿌려졌다.

"빌어먹을!"

김덕령은 고개를 돌려 후방을 보았다.

조용했다.

퇴각명령은 아직 내려오지 않고 있었다.

"도대체 무슨 생각이지. 우리가 다 죽을 때는 기다리는 건가?"

김덕령은 다시 전방을 주시했다.

사단 사령부 앞으로 적 대군이 모여들었다.

다테 마사무네의 군대였다.

도쿠가와 이에야스의 명을 받고 급히 지원 온 간토 영주였다.

또한, 정유재란에서 살아 돌아간 유일한 영주였다.

"죽폭을 던져 차단해라! 돌입하게 만들어선 안 된다!"

김덕령의 외침이 돌림노래처럼 이어졌다.

콰콰콰쾅!

죽폭 수십 개가 거의 동시에 터지며 적의 접근을 차단했다.

김덕령은 고개를 옆으로 돌렸다.

전령들이 그의 지시를 기다리는 중이었다.

김덕령은 짧은 시간 내에 사단 전체를 지휘해야했다.

머리가 나쁘면 할 수 없는 일이었다.

"1연대는 1대대가 뒤로 후퇴해 2대대를 지원하라고 해라! 1대대가 어차피 너무 올라가 있어 한번은 물러서야할 것이다!"

"예!"

명을 받은 1연대 전령이 자기 부대로 복귀했다.

김덕령의 명이 이어졌다.

"3연대 3대대는 지원불가다! 알아서 돌파하든지, 그 자리서 전멸하든지 알아서 하라고 해! 그쪽을 도와줄 여유가 없어!"

"예!"

3연대 전령은 나쁜 소식을 듣고 자기 부대로 급히 돌아갔다.

김덕령의 시선이 5연대 전령에게 향했다.

5연대는 혼자 떨어져 있다가 고립당해 피해가 커지고 있었다.

"너는 즉시 2사단 1연대에 달려가 5연대를 도와달라고 해라! 우리가 병력을 빼면 전황이 악화일로로 치달을 수 있다!"

"예!"

말에 오른 5연대 전령은 급히 2사단이 있는 서쪽으로 달렸다.

전투는 치열했다.

수는 적이 월등히 많았으나 적극적이지 않은 관계로 조선군이 크게 밀리는 상황은 아니었다. 물론, 시간이 지체되면 적은 병력을 교체할 테고 조선군은 피로로 인해 체력이 떨어질 것이다. 그리고 적은 그런 조선군을 사냥하려들 것이다.

"젠장!"

김덕령이 주먹으로 목책을 치려는 순간.

콰르르응!

엄청난 폭음이 사단 사령부 바로 옆에서 들려왔다.

"이게 무슨 소린가? 포병여단이 포격한 것인가?"

김덕령은 급히 밖으로 나와 고개를 뒤로 돌렸다.

포병여단이 아군 머리 위에 포격한 게 맞다면 김덕령은 당장 달려가 포병여단장 장산호의 멱살이라도 틀어잡을 기세였다.

한데 포병의 포격이 아니었다.

새하얀 섬광이 대지를 찢어발기는 중이었다.

엄청난 벼락이었다.

전투에 몰입한 나머지 하늘이 어두워졌다는 사실조차 몰랐다.

천둥소리가 들리고 벼락이 치고 바람이 불었다.

그리곤 하늘이 무너진 거처럼 엄청난 양의 비가 쏟아져 내렸다.

빗방울 하나가 손톱 크기만 했다.

김덕령은 손을 뻗었다.

내리는 기세가 얼마나 사나운지 손바닥이 다 아플 지경이었다.

"하하하하!"

김덕령은 갑자기 미친 사람처럼 웃기 시작했다.

사단 사령부 참모와 병사들이 그런 김덕령을 이상하게 보았다.

"우리가 이겼다—! 이번 전투는 우리가 이겼어—!"

김덕령은 예비대로 남은 병력까지 전부 전방에 투입시켰다.

그야말로 노도와 같은 공격이 적진을 가르기 시작했다.

9장. 귀향(歸鄕)

NEO ALTERNATIVE HISTORY FICTION

9장. 귀향(歸鄕)

"이랴!"

이혼은 말배를 걷어차며 앞으로 달렸다.

몇 미터 앞이 보이지 않을 정도의 비였지만 상관하지 않았다.

지금은 기뻐서 춤이라도 추고 싶을 지경이었다.

권율이 급히 이혼을 따르며 남은 병력까지 모두 전개시켰다.

"이제 예비 병력은 필요 없다! 모두 내보내 공격해라!"

1사단, 2사단, 3사단, 5사단이 네 방향에서 도쿠가와군을 매섭게 몰아쳤다. 비를 맞아가며 돌격하는 모습이 폭포를 거슬러 오르는 듯했다. 병사들은 비에 젖은 생쥐 꼴을

면치 못했으나 표정은 어둡지 않았다. 병사들 역시 깨달은 것이다.

한편, 도쿠가와 이에야스는 처음으로 사수하란 명을 내렸다.

여기서 물러서면 조선군은 갓산토다성으로 유유히 빠져나갈 기세였다. 다 잡은 물고기를 놓치는 셈이었다. 갓산토다성과 마쓰에항에 대한 공세 역시 강화하고 있었지만 점령했다는 소식은 들려오지 않았다. 조선군이 만약 갓산토다성으로 무사히 퇴각할 경우, 끊었던 보급선이 다시 연결될 테니 지금껏 해온 고생이 모두 물거품으로 돌아가는 것이다.

그때, 아침부터 심상치 않던 하늘이 기어코 비를 뿌리기 시작했다. 장대비였다. 올해는 비가 별로 내리지 않아 가뭄인줄 알았는데 이 순간을 위해 지금껏 참아두었던 모양이었다.

가신에게 우산을 들게 한 도쿠가와 이야에스는 군막을 나왔다. 강하게 몰아치는 비에 속옷까지 금방 흠뻑 젖었다. 비만 내리면 모르겠지만 바람까지 같이 부는 통에 균형을 잡는 일조차 버거웠다. 도쿠가와 이에야스는 주위를 둘러보았다.

부하들이 비바람과 싸우느라 악전고투하고 있었다.

이런 날씨에 활을 쏘는 것은 바보 같은 짓이었다. 그렇다면 믿을 수 있는 무기는 현재 철포대가 가진 조총 밖에 없었다.

한데 화승에 불을 붙여 화약을 점화시키는 조총은 습기에 약했다. 더욱이 비바람이 부는 날에는 무용지물과 다름 없었다.

왜군 역시 조총의 이러한 단점을 일찍부터 알고 대비책을 세웠다. 아메오오이라는 도구를 만들어 화승의 불이 꺼지지 않도록 했다. 쉽게 말해 화승에 우산을 씌우는 도구였다.

철포대 병사들은 아메오오이를 꺼내 화승에 붙여놓은 불이 꺼지지 않게 씌웠다. 그러나 아메오오이는 만능이 아니었다.

약한 비일 때나 사격이 가능하지, 지금처럼 비바람이 몰아칠 때는 소용없었다. 아무리 밀폐해도 그 안에 빗물이 새어 들어가 화약을 적시거나, 간신히 붙여놓은 불을 꺼트렸다.

조총의 발사원리는 화승, 즉 심지에 불을 붙여 약실에 넣어둔 화약을 점화시키는 것이었다. 한데 화승과 화약이 젖으면 당연히 불이 붙지 않아 격발 자체가 되지 않는 것이다.

도쿠가와 이에야스가 하늘을 원망스런 눈길로 보았다.

세차게 내리는 비가 언제 그칠지 알 수 없었다.

"하늘이 이 도쿠가와를 버렸구나."

도쿠가와 이에야스는 정유재란에서 살아 돌아온 다테 마사무네를 통해 조선의 신무기 몇 가지에 대한 정보를 얻었다. 그 중 그의 눈에 가장 띄었던 무기는 용아와 대룡포였다.

특히, 용아의 성능은 그의 예상을 훨씬 뛰어넘었다.

도쿠가와 이에야스는 다테 마사무네가 진상한 용아를 해체해 구조를 살폈다. 총구에 장전하는 철포와 달리, 용아는 뒤에서 장전하는 후장식이었다. 그리고 총신에 강선을 팠다. 무엇보다 놀라웠던 것은 용아에 사용하는 새 탄환이었다.

새 탄환은 조총처럼 화약과 탄환을 따로 장전할 필요가 없었다.

탄피와 화약, 뇌관, 탄자로 이뤄진 탄환은 약실을 넣어 장전하는 것만으로 발사준비가 끝났다. 능숙한 조총병과 비교해도 장전시간이 채 반도 걸리지 않는 획기적인 방식이었다.

그리고 탄환의 효과는 그뿐만이 아니었다.

바로 기상변화에 신경 쓸 필요가 전혀 없다는 점이었다.

조선이 만든 새 탄환은 화약이 밖으로 드러나지 않았다. 또, 화승으로 점화하는 대신, 탄피의 뇌관을 공이로 직접 가격해 점화시키는지라, 비가 오든, 바람이 불든, 날씨가

춥든 상관없었다. 물론, 기상상황이 나빠지면 불발확률이 올라가겠지만 그 확률이 용아사용을 포기할 만큼 나쁘지 않았다.

반면, 조총은 화승과 화약이 밖으로 드러나 있는지라, 기상상황이 나빠지면 사용이 힘들었다. 이 둘은 엄청난 차이였다.

충격을 받은 도쿠가와 이에야스는 서둘러 복제를 지시했다.

서양의 매치 락 머스킷을 복제해 철포를 만들었듯, 조선의 용아도 복제하면 그와 비슷한 성능의 철포를 얻을 거라 믿었다.

그러나 그건 착각이었다.

그것도 엄청난 착각이었다.

모양은 흉내 내도 안에 든 정교한 기술은 흉내 낼 수 없었다.

가장 큰 문제는 탄피에 설치하는 뇌관이었다.

뇌관에 든 뇌홍의 비밀을 풀지 못하면 용아는 그림의 떡에 불과했다. 도쿠가와 이에야스는 거금을 들여 몇 차례 복제시도에 나섰다가 큰 실패를 맛본 후 복제를 아예 포기했다.

도쿠가와 이에야스는 그 점이 항상 마음에 걸렸다.

그의 아들과 부하들은 조선이 가진 용아의 위력을 얕보

고 조총으로 맞상대하는 우를 범했다. 물론, 그 중에는 효과를 본 사람도 있었지만 결국 최후의 승자는 항상 조선군이었다.

그러나 도쿠가와 이에야스는 앞서 말했다시피 적의 장단점을 파악하는데 도사였다. 그는 조총이 주를 이루는 철포대로는 조선이 주력으로 쓰는 용아를 이길 수 없다고 믿었다.

그래서 그는 조선군과의 맞상대를 포기했다.

조선군이 밀고 들어오면 그 거리만큼 물러섰다.

물러난다고 해서 영토를 빼앗기는 게 아니었다.

그저 시간을 끄는 일에 불과했다.

시간은 확실히 그의 편이었다.

버티면 버틸수록 조선군의 사정은 나빠질 것이고 그의 사정은 좋아질 것이다. 도쿠가와 이에야스는 그 때를 기다렸다.

한데 결정적인 시점에 들어와 상황이 그의 예측을 벗어났다.

그는 조선군의 군량이 오늘쯤 떨어졌을 거라 생각했다.

닌자와 간자를 총동원해 알아낸 정보이니 틀림없을 터였다.

그렇다면 조선은 굶어 쓰러지기 전에 최후의 발악을 하

려 할 것이다. 도쿠가와 이에야스는 오늘 조선이 총공세해 오리라는 것을 어느 정도 예측했다. 그래서 진채 안쪽에 단단한 목책을 세워 조선군의 종심돌파작전을 막아낼 생각이었다.

사실, 도쿠가와 이에야스도 여유는 없는 상태였다.

조선군의 공격을 막다가 생각보다 많이 물러서는 바람에 퇴로와 조선군의 간격이 점점 줄어들고 있었다. 만약, 여기서 더 물러서면 조선군이 퇴로가 있는 길목을 점령할 터였다.

놈들을 그냥 보내줄 순 없었다.

이는 실익을 떠나 자존심의 문제였다.

또, 이는 통제력의 문제였다.

영주들이 에도막부를 우습게 보는 사태가 벌어질 수 있었다.

그가 살아있을 때는 감히 에도막부를 넘보지 못하겠지만 그가 죽은 후, 그의 후계자인 도쿠가와 히데타다가 정식으로 정권을 잡았을 때 휘하 영주들이 반란을 꾀할 수 있었다.

도쿠가와 이에야스는 상황을 냉정히 따져보았다.

그 결과, 이번 공격은 조선군의 발악이 틀림없었다.

군량이 떨어지기 전에 이판사판으로 나선 게 분명했다.

도쿠가와 이에야스는 휘하 영주들에게 전선 고수를 명했다.

물러서지 말라는 뜻이었다.

그렇다고 공격하란 말도 아닌지라, 영주들은 전선을 지켰다.

몇 백, 아니 몇 천 명이 죽더라도 이득이라 보았다.

조선군의 군량은 더 빨리 떨어질 것이다.

사람은 움직일수록 배가 고파지는 법이니까.

그때, 상황이, 그야말로 모든 상황이 180도 바뀌었다.

엄청난 폭우가 강한 바람과 함께 전선을 뒤덮어버렸다.

그 즉시, 도쿠가와의 군의 조총은 값나가는 쓰레기가 되었다.

반면, 조선군의 용아는 비에 전혀 영향을 받지 않았다.

조총의 총성이 울리는 횟수가 빠른 속도로 줄어들었다.

급기야 속으로 숫자 열을 세는 동안 한 번도 들리지 않았다.

반면, 조선군의 용아는 계속해 불을 뿜었다.

용아뿐만이 아니었다.

소완구와 화차, 심지어 대룡포마저 불을 뿜었다.

대룡포가 발사하는 신용란 역시 탄피에 작약을 넣은 형태였다.

비에 영향을 받지 않았다.

도쿠가와군은 조선군의 화력에 일방적으로 당했다.

전선을 고수하려다간 몇 천이 아니라, 몇 만이 죽을 듯했다.

하늘을 본 도쿠가와 이에야스가 입맛을 다셨다.

손톱만한 빗방울이 우산 안으로 쏟아져 들어와 얼굴을 때렸다.

"아!"

장탄식을 쏟은 도쿠가와 이에야스가 가신에게 명을 내렸다.

"모든 병력을 뒤로 후퇴시켜라!"

"하면 조선군에게 퇴로를 열어준다는 말씀이십니까?"

"다른 수가 있느냐?"

도쿠가와 이에야스의 질책에 수십 명의 가신이 고개를 숙였다.

그러나 모두 그런 것은 아니었다.

몇 명은 오사카혈전 때 사나다부자가 했던 거처럼 일제돌격을 주장했다. 그들 역시 오사카혈전에 대한 소식을 상세하게 전해 들었다. 닌자를 통해 거의 실시간으로 전해 들었다.

그래서 사나다 노부시게의 거친 돌격에 조선 임금이 중상을 입었고 한때는 거의 패배 직전까지 몰렸다는 사실을 알았다.

가신들은 오사카에 있던 도요토미군보다 병력도 훨씬 많고 기세도 좋은 자신들이 왜 물러서야하는지 이해하지 못했다.

물론, 그들은 도쿠가와 이에야스가 아니기에 그런 생각을 했을 것이다. 그들은 싸우다가 죽으면 그게 영광이라 생각하겠지만 도쿠가와 이에야스는 아니었다. 그는 그 후에 일어날 일들을 따져봐야 하는 위치에 있었다. 죽는다고 끝나는 게 아니었다. 자신의 목숨보다 에도막부가 더 중요했다.

그가 평생을 싸워 이룩한 에도막부가 무너진다면 그는 죽어서도 눈을 편히 감을 수 없을 것이다. 그는 에도막부를 건립하기 위해 그 오랜 세월 동안, 오욕을 참아가며 버텼다.

이마가와 요시모토의 인질로 가있을 때도 참았고 오다 노부나가가 장남을 자결시키라고 명했을 때도 참았다. 도요토미 히데요시가 자신에게 엎드리라 명했을 때도 참고 견뎠다.

그게 모두 지금을 위해서였다.

그는 사나다 노부시게처럼 조선군에게 돌격할 수가 없었다.

그는 이미 버릴 수 있는 것보다 지켜야할 게 많은 입장이었다.

도쿠가와 이에야스는 상황을 근시안적으로 보는 몇몇 가신들에게 불만을 토하며 빨리 군을 뒤로 물리라는 명을 내렸다.

도쿠가와군이 만약 이 전투에서 궤멸에 가까운 큰 피해를 입는다면 웅크리고 있는 영주들이 반 도쿠가와 전선을 형성할 수 있었다. 세키가하라에서 패해 주코쿠 서쪽 끝자락으로 전봉당한 모리일가, 큐슈에서 언제든 반기를 들 수 있는 시마즈일가, 역시 세키가하라에서 패해 영지가 줄어든 우에스기일가, 도요토미 히데요시의 심복이나 다름없던 가가의 마에다일가 등이 힘을 합쳐 덤벼온다면 제아무리 도쿠가와일가의 영지가 넓고 병사가 많다한들 장담하기 어려웠다.

도쿠가와 이에야스는 미래를 위해 눈앞의 조선군을 포기했다.

조선군은 떠나지만 그와 다른 영주들은 왜국에 남는다.

미래를 생각하지 않을 수 없다.

한편, 도쿠가와군이 물러나며 손쉽게 퇴로를 차지한 조선군은 안전한 위치에 들어선 후 도쿠가와 이에야스에게 사람을 보내 휴전을 청했다. 도쿠가와 이에야스는 심사숙고 끝에 받아들였다. 곧 양측의 최고 지도자가 한자리에 모였다.

이혼은 권율, 권응수 등과 함께 중립지대로 향했다.

회담 장소는 도쿠가와 이에야스가 직접 골랐는데 다지마영지에 있는 어느 유서 깊은 고찰 중 하나였다. 들리는 말로는 삼국시대 백제에서 넘어온 어느 고승을 모신 절이라고 하였다. 삼국에서 넘어간 승려들이 왜국에 불교 등 대륙의 문화와 기술을 전수했다. 조선인과 연관이 깊은 장소였다.

이혼은 금군의 호위를 받으며 사찰 안으로 들어섰다.

권응수가 불안한 기색으로 사찰 안을 둘러보았다.

왜국다운 사찰이었다.

조선의 사찰, 아니 한반도의 사찰은 건물을 최대한 적게 만들고 장식품 역시 최대한 줄이려했다. 또, 나무를 심거나, 화초를 심는데 인색했다. 모두 수행자의 수행을 위해서였다.

주변이 번잡하면 수행하기 어렵다는 생각이 강했다.

반면, 왜국의 사찰은 좀 더 왜국다웠다. 정원을 화려하게 가꾸고 전각의 배치를 오밀조밀하게 하였다. 거리가 가깝고 같은 문화를 공유했다고 해도 그 받아들이는 방식엔 차이가 있었다. 머리에 든 생각은 거의 정반대에 가까운 것이다.

권응수가 목소리를 낮춰 물었다.

"근처에 1사단이라도 미리 준비시켜두는 게 어떻겠사옵니까?"

권율이 이혼 대신 대답했다.

"걱정 마오. 비는 잠시 그쳤지만 습기는 그대로 남아있으니까. 왜군이 젖은 화약을 말리려면 가을은 지나야할 것이오."

묵묵히 걷던 이혼은 고개를 들어 좌우를 둘러보았다.

의심 가는 점은 없었다.

도쿠가와 이에야스가 사찰에 있던 주지를 제외한 모든 승려와 참배객을 밖으로 내보낸 지라, 쥐 죽은 듯이 조용했다.

잠시 후, 눈썹이 하얗게 센 고승 하나가 나와 일행을 대청으로 안내했다. 대청에는 이미 도쿠가와 이에야스가 앉아 있었다. 그 역시 수행원을 두셋 거느렸을 뿐이었다. 이혼을 본 도쿠가와 이에야스가 일어나 왜국말로 몇 마디 하였다.

따라온 역관이 급히 통역했다.

"방석을 준비했으니 앉아서 얘기를 나누자는 말이었사옵니다."

이혼은 도쿠가와 이에야스가 가리킨 방석에 앉았다.

그들을 안내한 고승이 이 사찰 주지인지 양 측을 모두 볼 수 있는 가운데 앉아서는 정갈한 솜씨로 차를 달이기 시작했다. 다들 말이 없는지라, 찻물 따르는 소리만이 가득했다.

고승은 기다란 주걱 같은 도구에 찻잔을 얹어 회의에 참석한 사람들 앞에 나누어주었다. 꽤 무거울 텐데도 잔에 든 찻물이 마치 평지에 놓여있는 듯 넘치거나, 흔들리지 않았다.

차를 나눠준 고승이 뭐라 말하며 불호를 외우자 도쿠가와 이에야스가 이혼에게 손짓했다. 이혼은 고개를 끄덕이며 차를 마셨다. 권응수의 표정이 살짝 바뀌었으나 이내 안심하는 표정으로 바뀌었다. 이혼이 차를 마시고 내려놓은 것이다. 얼굴색이 멀쩡한 것을 보면 독을 탄 것 같진 않았다.

도쿠가와 이에야스도 잔을 들어 찻물을 마셨다

이혼은 그 틈에 도쿠가와 이에야스를 관찰했다.

배가 두둑하고 턱살이 많은 게 꽤 후덕한 인상이었다.

부유한 상인처럼 보였다. 그러나 살짝 쳐진 눈꼬리 밑으로 날카로운 정광이 쏟아져 나오는 게 평범한 사람은 아니었다.

오다 노부나가처럼 괴팍하지도 않고, 도요토미 히데요시처럼 개성적이지도 않지만 흔들림 없는 고목 같은 인상을 풍겼다.

그게 그가 가진 여러 강점 중 하나일 것이다.

잔을 내려놓은 도쿠가와 이에야스가 뭐라 말했다.

귀를 쫑긋 세우고 듣던 역관이 얼른 통역했다.

"자기에게 좋은 약이 있는데 그걸 전하께 드리겠다고 하옵니다."

"과인 얼굴에 난 상처를 말하는 건가?"

"그렇사옵니다."

"주면 고맙게 받겠다고 전해라."

"예, 전하."

역관이 통역하자 도쿠가와 이에야스가 부하에게 손짓했다. 잠시 후, 비단보자기에 싼 약상자가 이혼 앞에 놓였다. 철두철미한 자였다. 출발하기 전에 이미 준비해두었을 것이다.

정작 회담에 들어서자 이혼과 도쿠가와 이에야스는 별로 할 말이 없었다. 권율과 저쪽 실무자가 주로 대화를 나누었다.

권율의 주장은 임진, 정유년의 책임이 그쪽에 있으니 이번 왜국 침략 역시 그쪽이 원인이라는 얘기였다. 사과와 보상을 제대로 했다면 이렇게 쳐들어 올 리도 없었다는 말이었다.

반면, 에도막부 쪽 주장은 예전과 비슷했다.

그들이 분로쿠, 게이초의 역이라 부르는 임진, 정유년의 책임은 죽은 도요토미에게 있지, 도쿠가와가 세운 에도막부와 전혀 관계가 없으며 도요토미가 죽은 다음에 쳐들어와 왜국을 공격한 것은 전적으로 조선의 잘못이라고 주장했다.

설전이 1시간 가까이 이어졌지만 답은 쉽게 나오지 않았다.

그때, 팔짱을 낀 채 대화를 듣던 도쿠가와 이에야스가 말했다.

"이렇게 하다간 영원히 결론이 나지 않을 것 같소."

이혼 역시 동의했다.

"같은 생각이오."

도쿠가와 이에야스가 잠시 생각한 후에 입을 열었다.

"나는 조선과 일본 둘 다 잘못이 있다고 생각하오. 물론, 우리 쪽의 잘못이 크지만 분로쿠, 게이초의 역을 실행한 자들이 거의 다 죽은 상황에서 쳐들어온 것은 확실히 무리였소."

권율이 뭐라 말하려 할 때, 이혼이 손을 들었다.

"계속 해보시오."

권율을 힐끔 본 도쿠가와 이에야스가 말을 이어갔다.

"피해보상은 오사카성에서 충분히 받은 걸로 알고 있소."

"으음."

"나머지 공식적인 사과는 에도막부가 아니라, 내 이름으로 하겠소. 나 역시 조선침략과 전혀 관계가 없지는 않으니 이 정도면 충분하리라 생각하오. 대신, 그쪽에서도 유감표명을 해주시오. 그럼 우리도 더 이상 질질 끌지 않을 것이오."

"먼저 상의해보겠소."

이혼은 권율, 권응수 등과 협의했다.

잠시 후, 협의를 마친 이혼이 말했다.

"좋소. 그렇게 합시다."

"잘 생각하셨소."

고개를 끄덕인 도쿠가와 이에야스가 먼저 사과문을 적었다.

그리고 그 사과문 말미에 도쿠가와 이에야스의 이름을 적었다.

사과문에 에도막부라는 이름이 쏙 빠져있는 덕분에 쇼군 도쿠가와 히데타다에게는 정치적인 부담이 가지 않게 되었다.

이혼도 가벼운 유감표명의 뜻이 들어간 문서를 적어 교환했다.

휴전은 그렇게 이뤄졌다.

물론, 종전까지는 10년의 유예기간을 두었다.

만약, 10년 안에 둘 중 한 국가가 상대 국가를 도발할 경우, 휴전은 없었던 것으로 되었다. 이혼은 사찰을 떠나기에 앞서 도쿠가와 이에야스에게 손을 내밀었다. 잠시, 당황한 도쿠가와 이에야스는 조선의 젊은 임금이 내민 손을 잡았다.

이혼이 떠나기에 앞서 말했다.

"조선과 왜국 사이엔 바다가 있지만 다른 나라보다는 가까운 편이오. 그래서 서로를 잘만 이용하면 두 나라 다 번영할 수 있소, 그러나 그렇지 않을 경우엔 파국만이 있을 뿐이오. 둘 중 하나가 상대에게 잡아먹혀야만 끝날 테니 말이오."

도쿠가와 이에야스의 쳐진 눈꼬리가 살짝 떨렸다.

"그쪽은 먹히지 않을 자신이 있는 모양이오?"

"그렇소. 앞으로 다른 나라가 조선에 쳐들어오는 일은 없을 거요. 그래도 쳐들어온다면 그 대가를 치러야할 것이오. 이번처럼 물렁한 대응이 아니라, 제대로 응징을 받을 것이오."

"기대하겠소."

대답한 도쿠가와 이에야스는 먼저 돌아섰다.

이혼은 그런 도쿠가와 이에야스를 지켜보다가 몸을 돌렸다.

사찰을 나온 이혼은 본대에 돌아가 철군할 준비를 시작했다.

지금쯤 도쿠가와 이에야스의 지시를 받은 전령들이 주코쿠 각지와 큐슈로 달려가 전쟁이 끝났다는 사실을 알릴 것이다.

이혼은 하늘을 보았다.

구름 한 점 없이 청명했다.

가을이 성큼 눈앞에 와있었다.

초봄에 원정을 시작했는데 벌써 계절이 두 번이나 바뀌었다.

이혼은 가족이 그리웠다.

"갑시다."

이혼은 말배를 차서 갓산토다성으로 말을 몰았다.

***

갓산토다성에 주둔한 해병대는 적에게 둘러싸여있었다.

사방 어디를 둘러봐도 적이 내건 깃발이 가득했다.

도쿠가와 이에야스는 조선군의 보급로와 퇴로를 동시에 끊을 목적으로 주코쿠 중부에 있는 영주들에게 갓산토다성 탈환을 명했다. 그리하여 미마사카의 모리 타다마사와 하리마의 이케다 데루마사 두 명은 자기 영지에 돌아가 병력을 충원한 다음, 다지마로 가지 않고 바로 갓산토다성으로 향했다.

모리 타다마사와 이케다 데루마사는 각각 남쪽과 동쪽을 맡아 갓산토다성을 매섭게 몰아붙였다. 갓산토다성을 지키는 해병대의 숫자는 2천에 불과했다. 반면, 두 영주가 동원한 병력은 거의 3만에 달해 열 배가 넘는 병력 차가 났다.

한데 닷새 째 맹공격을 퍼부었음에도 해병대는 항복하지 않았다. 해병대의 현재 전력은 500명 남짓이었다. 그 동안, 1천 5백 명이 죽거나, 다쳐 거의 전멸직전과 다름없었다.

그런데도 해병대는 포기하지 않고 수성을 계속했다.

이케다 데루마사가 항복을 권해보았지만 해병대장 방덕룡은 오히려 욕을 하며 항복을 권유한 적의 사자를 쫓아버렸다.

모리 타다마사와 이케다 데루마사 두 명은 다시 맹공격을 가했다. 해병대의 숫자는 갈수록 그 수가 줄어들었다. 급기야 용아 탄환마저 떨어져 돌을 던져야하는 상황이 찾아왔다.

그래도 방덕룡은 항복하지 않았다.

성이 떨어지면 같이 죽을 생각인 듯했다.

소가마에와 산노마루를 잃어 니노마루 쪽으로 퇴각한 방덕룡이 살아남은 부하들을 한 자리에 모았다. 부상병을 제외하면 100여 명 남짓이었다. 아니, 그 100명도 부상을 입기는 마찬가지였다. 다른 병사들에 비해 심하지 않을 뿐이었다.

방덕룡은 눈앞에 있는 병사를 물끄러미 보았다.

왼쪽 눈을 다쳤는지 왼쪽 얼굴에 붕대를 감고 있었는데 눈이 있는 부문만 피가 번져 붉었다. 방덕룡은 이를 악물었다.

방덕룡이 손가락으로 하늘을 가리켰다.

"모두 해를 봐라."

해병대원들은 시키는 대로 고개를 들어 해를 보았다.

방덕룡이 비장한 얼굴로 말을 이어갔다.

"저 해가 우리가 살아서 보는 마지막 해일 것이다."

그 말에 해병대원들 역시 직감한 듯 말없이 고개를 끄덕였다.

방덕룡이 대원들을 둘러보며 말했다.

"오늘이 마지막이다. 그러나 항복은 없다. 우리는 전멸하는 그 순간까지도 조국이 우리에게 하달한 명을 수행할 것이다."

"……."

"입고 있는 옷이 우리의 수의가 될 것이다. 갖고 있는 군복 중 가장 깨끗한 옷으로 갈아입어라. 해병대 대원답게 죽자."

"예!"

복창한 대원들은 가장 깨끗한 군복을 찾아 입고 그 위에 무장을 걸쳤다. 용아와 탄환은 떨어진지 오래였다. 그들은 원래 무기 대신 왜군에게서 빼앗은 칼과 장창을 손에 쥐었다.

왜군은 시계처럼 움직였다.

아침을 먹은 다음, 함성을 지르며 갓산토다성을 공격해왔다.

거리는 가까웠다.

적의 선봉이 산노마루에 들어와 있는지라, 그들이 지키는 니노마루와는 몇 십 미터에 불과했다. 원거리 무기가 없는지라, 전투는 백병전으로 이어졌다. 창과 창, 칼과 칼이 맞부딪치며 불똥이 튀었다. 해병대 대원들은 용감하게 싸웠다.

그리고 그게 다였다.

하나둘 피를 뿌리며 태양이 달군 돌바닥에 몸을 눕혔다.

"퇴각한다!"

소리친 방덕룡이 자신에게 달려든 적을 두 명 때려눕혔다. 가보로 물려받은 창은 이미 반 동강 난지 오래였다. 동강난 창대는 모아두었지만 그걸 가지고 돌아갈 순 없을 것이다.

방덕룡은 적의 추격을 뿌리치며 혼마루로 퇴각했다.

그리고 다시 혼마루에서 싸우다가 천수각으로 올라갔다.

이제 살아남은 병사는 50명에 불과했다.

적이 천수각에 불을 지른다면 끔찍하겠지만 왠지 아닐 것 같았다. 적은 갓산토다성을 원상태로 돌려받고 싶을 것이다.

적은 화살을 쏘며 접근해왔다.

며칠 전 내린 폭우로 인해 화약이 젖어 조총을 쓰지 못했다.

대신, 적에게는 활이 있었다.

활은 여전히 좋은 무기였다.

푹!

천수각 문을 지키던 부하 하나가 활에 맞아 바닥을 굴렀다.

방덕룡이 달려가 부하를 돌아 눕혔다.

"제길!"

급소에 화살이 박혀있었다.

방덕룡이 부하의 손을 잡았다.

부하 역시 방덕룡의 손을 잡았다.

부하는 결국 얼마 버티지 못하고 고개를 떨어트렸다.

화가 난 방덕룡은 천수각을 공격하는 적에게 분풀이를 하였다.

닥치는 대로 때리고 걷어차니 적도 놀라 물러섰다.

성난 멧돼지를 연상시켰다.

그러나 적의 공세는 시간이 갈수록 강해졌다.

결국 천수각 입구를 방어하는데 실패한 해병대는 2층으로 올라갔다. 그리고 2층에서 3층, 4층으로 후퇴했다. 그러다 천수각 정상까지 밀린 해병대는 더 이상 도망칠 곳이 없었다.

방덕룡은 최후의 돌격을 준비했다.

죽을 때를 기다리기보다는 죽을 곳을 먼저 찾아갈 생각이었다.

그때였다.

천수각을 에워싼 적들이 물러서기 시작했다.

이유는 알 수 없었다.

날이 저물려면 아직 한참 남았다. 그리고 적의 피해가 예상보다 큰 것도 아니었다. 해병대원들도 영문을 몰라 당황했다.

천수각 포위를 푼 적들은 혼마루로 퇴각했다. 그리고 혼마루에서, 니노마루로, 니노마루에서 산노마루로 거듭 퇴각했다.

심지어 소가마에를 지나 갓산토다성 앞에 있는 강을 건너갔다.

그때였다.

소가마에로 정찰 갔던 대원 하나가 미친 듯이 달려왔다. 달리다가 시체에 걸려 넘어졌다. 세게 넘어졌는지 코에서 피가 주르륵 흘러내렸으나 지혈할 생각이 없는 듯 계속 달려왔다.

그리곤 헐떡이며 입을 열었다.

"아, 아군이 왔습니다!"

방덕룡이 달려가 대원의 어깨를 그러잡았다.

얼마나 세게 잡았는지 대원의 어깨가 부러질 듯했다.

"다시 말해봐라."

"아, 아군이 왔습니다!"

"아군? 어떤 아군 말이냐?"

"주상전하의 본대가 왔습니다."

"아!"

탄성을 토한 방덕룡은 급히 소가마에로 달려가 주위를 살폈다.

부하의 말 대로였다.

적은 강 너머로 퇴각하기 바빴다. 그리고 적이 진채를 세웠던 곳에는 조선군이 가득했다. 이혼이 지휘하는 본대였다.

방덕룡은 혹시 몰라 열려있던 성문을 닫아걸었다.

그러나 그럴 필요가 없었다.

곧 도원수 권율이 병력과 함께 성 앞에 당도했다.

"주상전하께서 오셨으니 해병대는 성문을 열라!"

그 말에 방덕룡은 바로 성문을 열어 권율 등을 맞이하였다.

방덕룡이 절도 있게 군례를 취했다.

철담(鐵膽)이라던 방덕룡의 눈에도 눈물이 맺혀있었다.

권율이 그런 방덕룡을 위로했다.

"고생 많았소."

"아닙니다. 해병대는 이까짓 일로 무너지지 않습니다.

아군이 조금만 늦게 왔어도 적들은 살아 돌아가지 못했을 것입니다.”

권율은 말없이 고개를 끄덕였다.

그때, 안전을 확인한 이혼이 성 안으로 들어왔다.

방덕룡 등 살아남은 해병대원들은 급히 군례를 올렸다.

해병대원들의 군례 소리가 가을 하늘 높이 울려 퍼졌다.

***

“제길!”

별군 대장 최담령은 욕을 쏟아내며 몸을 수그렸다.

머리 위로 적이 쏜 조총 탄환이 지나갔다.

앞에서 적을 방어하던 김돌석이 최담령 쪽으로 달려가 물었다.

“괜찮으십니까?”

최담령이 쓴웃음을 지었다.

김돌석은 급히 최담령의 몸을 살폈다.

최담령의 옆구리에 생긴 상처에서 피가 쏟아져 나왔다.

김돌석은 급히 손으로 상처를 틀어막았다.

그러나 출혈이 심했다.

피가 손가락을 비집고 흘러내렸다.

최담령이 김돌석을 밀쳤다.

"가라."

"대장님!"

"너는 살아 돌아가야 한다. 그래야 우리가 어떻게 싸웠는지 사람들에게 얘기해줄 수 있을 것 아니냐. 너는 살아야한다."

"저 혼자 갈 순 없습니다."

"명령이다."

"그 명령엔 따를 수 없습니다."

"어서 가라! 가지 않으면 네 앞에서 목숨을 끊겠다."

최담령이 손에 쥔 칼을 자기 목에 대었다.

김돌석은 눈물을 뿌리며 일어섰다.

그리고 목청이 터져라 군례를 올렸다.

최담령 역시 아픈 몸을 기어코 일으켜 세우더니 군례를 받았다.

"가라. 가서 우리 몫까지 살아라."

"예!"

눈물을 닦은 김돌석은 돌아서서 동쪽을 향해 미친 듯이 달렸다.

최담령은 자신을 향해 달려드는 적을 바라보다가 죽폭에 불을 붙였다. 그리고 그 위에 엎드렸다. 펑하는 소리가 울렸다.

김돌석은 깜짝 놀라 뒤를 돌아보았다가 다시 앞으로 달렸다.

김돌석의 별군은 이와미은광산에 은밀히 잠입해 그곳을 지키던 경비 병력을 모두 제거했다. 그리고 가져간 용폭을 이용해 갱도를 모두 막아버렸다. 갱도를 재건하는데 최소 몇 년은 걸릴 피해였다. 별군이 이와미은광산을 막은 이유는 왜군이 군자금 충당을 이 은광산에서 주로 했기 때문이었다.

왜군은 군을 재건하는데 많은 시간이 필요할 것이다.

별군이 서쪽으로 이동한 이유는 그것만이 아니었다.

서쪽에서 마쓰에항으로 올지 모르는 적을 막는 임무 역시 별군에게 있었다. 불행히도 별군을 서쪽에 보낸 조선군 수뇌부의 예상은 정확히 맞아떨어졌다. 도쿠가와 히데타다가 큐슈에 있던 병력을 나눠 마쓰에항 서쪽을 공격하게 한 것이다.

별군은 거의 3만에 달하는 병력을 상대로 유격전을 펼쳤다.

보급부대를 공격하고 야습과 탈출을 번갈아했다.

적은 별군을 잡기 위해 대규모수색작전을 펼쳤다.

그 결과, 도쿠가와 히데타다의 지원군이 마쓰에에 가지 못하게 막을 순 있었지만 그 대신 별군이 막대한 피해를 입었다.

쫓기던 별군은 최담령과 김돌석을 제외한 전원이 순국했다.

그리고 방금 전 최담령이 죽으며 김돌석 혼자 남았다.

살아남은 김돌석은 마쓰에가 있는 동쪽으로 미친 듯이 달렸다.

약이 바짝 오른 적은 별군을 박멸시킬 생각인지, 김돌석을 계속 쫓았다. 뒤에서 쫓는 건 물론이거니와 미리 앞쪽에 병력을 보내 퇴로를 차단했다. 미꾸라지처럼 도망치던 김돌석은 결국 적의 손아귀에 떨어졌다. 김돌석은 그 전에 자결할 생각이었지만 적의 재빠른 조취 덕분에 그만 실패했다.

김돌석은 재갈을 입에 문 채 감옥에 수감되었다.

팔과 다리 역시 묶여 있어 자결할 생각은 꿈도 꿀 수 없었다.

김돌석은 최담령의 명을 수행하지 못한 것에 자괴감을 느꼈다.

어서 동료들이 있는 곳에 가고 싶었지만 묶여있어 그럴 수 없었다. 그렇게 처형당할 날만 기다리며 하루하루를 보냈다.

그때였다.

문이 열리더니 감옥 안으로 들어온 간수가 그의 입을 막은 재갈을 풀었다. 그리고 손과 발을 묶은 포승줄도 풀었다.

그러더니 목욕을 시키고 새 옷으로 갈아입혔다.

김돌석은 영문을 몰랐다.

얼마나 있었는지 모르겠지만 제법 정이 들었던 감옥을 나와 밝은 햇살 아래 섰을 때였다. 권율을 비롯한 조선군 수뇌부가 그 앞에 서있었다. 김돌석은 꿈인지 알고 눈을 껌뻑였다. 그러나 꿈이 아니었다. 실제 상황이었다. 김돌석은 그제야 참았던 눈물을 쏟아냈다. 김돌석은 급히 군례를 올렸다.

김돌석의 군례 소리가 처량하게 울려 퍼졌다.

김돌석의 석방으로 왜국에 있던 조선군은 모두 귀향길에 올랐다. 큐슈를 공격하던 전라사단은 이미 도쿠가와 히데타다에게 패해 나고야대본영을 버리고 수군과 함께 퇴각했다.

물론, 퇴각할 때 나고야대본영을 폭파시켜 응징했다.

이혼은 오키에 들렀다가 대마도로 향했다.

그리고 다시 대마도에서 제주를 향해 나아갔다.

반년에 이르던 원정이 드디어 막을 내리는 순간이었다.

10장. 끝, 그리고 다시 시작

10장. 끝, 그리고 다시 시작

반란은 갑작스레 일어났다.

반란의 방아쇠를 당긴 것은 경상사단이었다.

경상사단장 곽준이 사단 정기훈련 중 발생한 사고로 인해 중상을 당한 후 사단장 부관이던 신상연이 전면에 등장했다.

곽준이 당했다는 사고 역시 의심스럽긴 마찬가지였다.

병사들의 사격훈련을 지휘하던 중 병사 하나가 총구를 돌려 갑자기 곽준을 쏘았다는데 이를 두고 설왕설래가 많았다.

그 병사가 사단장 곽준에게 앙심을 품었다든지, 아니면 병사를 사주한 자가 있다든지 하는 소리였는데 훗날 밝혀진 정황에 따르면 후자가 맞았다. 신상연의 사주를 받은 병사가 곽준을 저격한 것이다. 어쨌든 사단장 곽준은 쓰러졌다.

그리고 마치 곽준의 후계자인양, 신상연이 전면에 등장해 젊은 장교의 지지를 바탕으로 경상사단에 파벌을 구축했다.

조정은 당연히 이를 그냥 둘 수 없는 노릇인지라, 외부인사와 내부승진을 놓고 고민했다. 경상사단 밖에 있는 인사를 불러와 사단장으로 앉히는 방법과 내부에서 승진시키는 방법 두 가지 중 최종적으로 낙점 받은 것은 외부인사였다.

이미 파벌이 생긴 경상사단을 정상화시키려면 내부승진보다는 외부인사가 낫다는 판단을 한 것이다. 그러나 당연한 결정처럼 보이는 이번 판단이 생각지 못한 후폭풍을 불러왔다.

외부인사를 사단장으로 받들 수 없다며 신상연을 중심으로 한 젊은 장교와 병사 일부가 갑자기 반란을 일으킨 것이다.

그때까지도 심각함을 깨닫지 못했던 조정은 병조판서 정구를 급히 경상사단에 내려 보내 빨리 수습하려 하였다. 그러나 이는 오히려 불난 집에 불을 끼얹은 셈이 되고 말았다.

정구가 내려가던 도중 괴한에게 피습 당해 부상을 입은 것이다. 다행히 치명상은 피했으나 업무를 보기 힘든 상태였다.

조정은 다시 부랴부랴 회의에 들어갔다. 이번에는 공석이 된 병조판서를 어떻게 할 것인가가 회의 주제였다. 조정 의견은 크게 두 가지로 갈렸다. 하나는 임금이 부재한 상황이니 영의정 유성룡의 주도로 병조참판을 병조판서로 승격시키되, 세자와 중전, 그리고 대비에게 허락을 구하자는 의견이었다. 그리고 다른 하나는 아무리 임금이 자리에 없다고 해도 임금의 허락 없이 판서를 임명하는 것은 국법에 어긋나니 우선 참판에게 판서업무를 보게 하자는 의견이었다.

논의는 치열했다.

그 바람에 중요한 시간이 그냥 허비되었다.

그리고 그 틈을 노린 경상사단이 반란을 일으켜 북상에 나섰다. 2연대와 3연대 일부병력이긴 하지만 수가 5천이 넘었다.

조정은 부랴부랴 충청사단에게 경상사단의 북상을 막게 했다.

한데 이는 생선을 고양이에게 넘긴 꼴이 되고 말았다.

충청사단 주력에 해당하는 1연대가 경상사단의 북상을 그냥 지켜본 것이다. 그 뿐만이 아니었다. 충청사단 1연대가 경상사단 반란군에 합세해 그 수가 8천으로 급격히 늘었다.

충청사단 1연대장 한옥이 반란군에게 포섭당한 것이다.

조정은 다시 경기사단장 조경에게 반란군을 막게 했다.

조경은 시키는 대로 병력을 경기 남부에 집중해 반란군의 진격을 막았다. 반란군이 경기도 안으로 들어오지 못하자 조정은 안심했다. 이대로 반란군을 진압하면 끝인 줄 알았다.

한데 이는 반란군의 술책이었다.

경기사단은 지켜야할 장소가 워낙 많아 마음만 먹으면 언제든 빈틈을 노릴 수 있었다. 그러나 반란군은 충청도에 멈춰 조경의 경기사단 주력이 다른 곳으로 가지 못하게 묶었다.

그리고 그때, 북방에서 일이 터졌다.

그 동안 조정에 불만이 많았던 함경도, 평안도, 황해도의 백성 일부가 반란을 일으켰다. 수는 1만에 달했다. 군대가 반란을 일으킨 것은 아니지만 사실 반란을 일으킨 것이나 다름없었다. 북방에 있는 군대가 반란군을 막지 않은 것이다.

방관이었다.

덕분에 북방 반란군은 곧장 경기 북부로 남하할 수 있었다.

경기도의 수비는 경기사단 몫이었다.

그러나 경기사단 주력은 현재 경기 남부에 있었다.

남쪽에서 올라온 남방 반란군을 막아야했던 것이다.

그제야 조정은 반란군의 작전에 속았다는 것을 알았다.

남방 반란군의 목적은 처음부터 경기사단이었다.

경기사단을 그들 쪽으로 돌려 경기 북부를 비워놓게 한 것이다. 경기 북부를 돌파한 북방 반란군은 곧장 도성으로 향했다.

이쯤 되면 조정이 더 이상 할 수 있는 일이 없었다.

그저 안전한 곳으로 도망쳐 시간을 버는 게 최선이었다.

영의정 유성룡은 이혼이 원정가기 전에 했던 말을 떠올렸다.

반란에 대비해 대비책을 미리 세워놓으란 말이었다.

유성룡은 그 말대로 대비책을 세웠다.

대비책은 세 가지였다.

반란군이 북방에서 난을 일으키면 남한산성으로, 반란군이 남방에서 난을 일으키면 평양성으로 퇴각해 전열을 정비하는 것이었다. 그러나 이번에는 둘 다 맞지 않는 경우였다.

북방과 남방 양쪽에서 반란군이 난을 일으킨 것이다.

다행히 유성룡은 이런 때의 대비책도 세워두었다.

남쪽도, 북쪽도 아닌 서쪽으로의 퇴각이었다.

바로 도성 서쪽에 위치한 섬, 강화도로 퇴각하는 대비책이었다.

유성룡은 계획에 따라 강화도로 조정을 옮겼다.

조정이 강화도로 퇴각하는 사이, 유성룡은 대비전을 찾았다.

대비전에는 대비와 중전, 그리고 세자와 문원대군 네 명이 모여 있었다. 유성룡은 조정 관원 중 거의 유일하게 왕실 대피계획을 알고 있는 사람이었다. 유성룡은 대비와 중전, 세자에게 인사하고 앉아 네 사람의 표정을 유심히 살폈다.

대비는 불안한 표정을 감추지 못했다. 반면, 중전은 담담한 표정을 유지하고 있었다. 그리고 세자는 안타까워하는 듯했고 문원대군은 아직 뭔가를 알기에는 나이가 너무 어렸다.

네 사람의 표정이 각기 달랐다.

유성룡이 중전에게 물었다.

"몸은 어떠시옵니까?"

만삭이 가까워진 중전은 앉아있는 일조차 힘겨워보였다.

유성룡의 질문에 대답한 것은 중전이 아니라, 세자였다.

"어마마마의 건강이 정말 걱정입니다. 이제 곧 산실청을 세워야하는데 이런 난이 생겨버렸으니 걱정이 이만저만 아닙니다."

유성룡이 머리를 숙였다.

"나라를 제대로 운영하지 못한 신의 불찰이옵니다."

"아, 나는 그런 뜻이 아니었습니다."

"아옵니다."

유성룡이 안부를 여쭌 후에 바로 본론으로 들어갔다.

"제주도로 언제 떠나시옵니까?"

중전이 대답했다.

"영상대감을 뵌 후 바로 떠날 생각이에요."

"서두르셔야할 듯하옵니다. 반란군 기세가 심상치 않사옵니다."

"알고 있어요. 그래서 바로 떠나려는 거예요."

그때, 대비전 밖에서 나직한 목소리가 들렸다.

"이제 떠나셔야하옵니다."

유성룡은 낯선 목소리에 살짝 당황했으나 곧 신색을 회복했다. 이혼이 비밀리에 만들었다는 속군 대장 고영운일 터였다.

간단한 짐을 챙긴 왕실가족은 유성룡과 이별했다.

중전이 대비전을 마지막으로 나가며 유성룡에게 신신당부했다.

"궁인들도 강화도에 데려가주셔야합니다."

"알고 있사옵니다. 이미, 궁인들도 채비를 갖추고 서쪽

나루터로 이동 중이오니 피해를 입는 궁인은 없을 것이옵니다."

중전은 떠나기 전에 마지막으로 물었다.

"전하의 소식은 들으셨나요?"

"신이 마지막에 들은 소식에 따르면 전하께서 지휘하는 군이 오사카란 곳에 입성해 치열한 전투 중이라고 들었사옵니다."

중전은 걱정을 감추지 못하고 물었다.

"치열한 전투라면?"

"주상전하께서는 무사하실 것이옵니다. 임진, 정유 두 차례의 겁난을 극복하신 분이니 쉽게 쓰러지실 분이 아니옵니다."

"위로가 조금 되네요."

"안심하옵소서. 이 반란은 일시적일 뿐이옵니다. 주상전하가 도착하는 대로 조선과 왕실은 제자리를 찾을 것이옵니다."

중전은 떠나기 전 노신의 얼굴을 물끄러미 보았다.

유성룡.

남편이 가장 의지하는 사람 중 하나다.

"영상대감께서도 부디 몸조심하셔요. 다치시면 주상전하께서 슬퍼하실 겁니다. 그 분이 누구보다 의지하는 분이니까요."

유성룡의 시선이 자연스럽게 터질 듯 부풀어 오른 중전의 배로 향했다. 지금 당장 출산해도 이상하지 않을 상황이었다.

"신에 대한 걱정은 중전마마께서 걱정하셔야하는 목록 중 젤 밑에 있사옵니다. 그러니 몸을 보전하는 일만 신경 쓰시옵소서. 그리고 세자저하와 대군마마를 잘 부탁드리옵니다."

유성룡과 작별한 중전은 가족들이 기다리는 곳으로 향했다.

가족들 주위에는 이미 속군 대장 고영운이 이끄는 속군 대원들이 서있었다. 이혼이 가족의 안전을 위해 고르고 고른 정예였다. 한 사람, 한 사람이 그야말로 일당백의 전사였다.

특히, 속군 대장 고영운은 대단한 실력자였다.

모르긴 몰라도 1대1의 싸움에선 누구에도 지지 않을 것이다.

고영운이 두 번째 가마를 가리켰다.

"중전마마께선 이쪽 가마를 이용하시옵소서."

"고마워요. 대비마마는 첫 번째 가마에 계신가요?"

"그렇사옵니다."

중전은 가마에 타기 전 고개를 돌려 뒤를 보았다.

평복으로 갈아입은 세자가 의젓한 자세로 말 등에 앉아

있었다. 그리고 문원대군은 속군 대원 한 명이 자기 앞에 앉도록 조치했다. 아직 어린 문원대군은 속군의 수염을 잡아당기거나, 아니면 속군이 찬 칼을 만지며 해맑게 웃고 있었다.

그 모습을 잠시 슬픈 눈으로 바라보던 중전이 가마에 올랐다.

가마꾼은 금군 대원이 맡았다.

고영운은 정보가 새어나가는 것을 방지하기 위해 어젯밤 도성에 남은 금군 몇을 무작위로 뽑은 다음, 밤새 가두어놓으며 감시했다. 설령, 고영운이 무작위로 선발한 금군 안에 적의 간자가 있다고 하더라도, 연락할 방법이 전혀 없었다.

"출발하라."

고영운의 말에 왕실가족은 야음을 틈타 경복궁 뒷문으로 빠져나왔다. 그리곤 도성 북쪽을 우회하다가 서쪽으로 빠졌다.

이혼이 서해안 쪽에 마련해둔 배를 타기 위해서였다.

그들의 최종목적지는 제주도였다.

그리고 그곳에서 이혼이 돌아오길 기다리는 게 계획이었다. 일견, 우둔한 계획처럼 들리지만 지금은 그게 최선이었다.

그러나 모든 일이 뜻대로만 흘러갈 수 없는 법.

고영운은 얼마 가지 않아 그들의 뒤를 쫓는 자들을 발견했다.

처음에는 한둘이었던 게 금세 수십으로 불어났다.

고영운은 입맛을 다셨다.

정보가 샌 것이다.

고영운이 중전의 가마 옆으로 다가갔다.

"몸은 좀 어떠시옵니까?"

"아직은 견딜만해요. 배가 있다는 곳은 아직 인가요?"

"반나절은 더 가야할 듯싶사옵니다. 한데 문제가 있사옵니다."

"어떤 문제인가요?"

"추격하는 자들이 있사옵니다."

고영운의 대답에 가마 안에서는 잠시 말이 없었다.

고영운은 중전이 겁을 먹어 그런 줄 알고 마음을 가라앉힐 때까지 기다릴 생각이었다. 그러나 그는 그럴 필요가 없었다.

곧 중전이 담담한 목소리로 대답했다.

"해결책이 있나요?"

"이런 때에 대비해 미리 준비해둔 게 하나 있사옵니다."

"그럼 그걸 쓰도록 하세요."

"알겠사옵니다."

중전의 허락을 받은 고영운은 부하에게 눈짓을 보냈다.

일행은 속도를 조금 더 내어 깊은 숲으로 들어갔다.

오솔길인지라, 가마 한 대가 간신히 지나갈 수 있는 너비였다.

그때, 숲 안에서 대기하고 있던 속군 몇 명이 가마 두 대와 군마 몇 기를 끌고 밖으로 나왔다. 그들이 가진 가마는 일행이 타고 있는 가마와 똑같이 생겼다. 심지어 타고 있는 군마의 털 색깔마저 구분하기 어려울 정도로 똑같이 생겼다.

고영운의 손짓에 미끼를 맡은 속군 대원이 가마와 군마를 끌고 큰 길로 다시 나아갔다. 그 사이, 고영운은 미리 봐둔 오솔길을 빠른 속도로 돌파했다. 적은 즉시, 병력을 두 개로 나눠 하나는 미끼를, 그리고 다른 하나는 그들을 쫓았다.

적의 수를 줄이긴 했지만 어쨌든 실패였다.

그때, 중전이 조용히 물었다.

"추격자들은 뿌리쳤나요?"

"송구하옵니다."

고영운의 대답에 중전이 담담한 목소리로 물었다.

"제가 미끼가 되면 저들이 쫓아올까요?"

고영운은 중전의 말이 이해가 가지 않았다.

그래서 솔직하게 다시 물었다.

"무슨 말씀이시옵니까?"

"제가 미끼가 되겠어요."

고영운은 깜짝 놀라 거부했다.

"절대 안 되옵니다."

"진통이 시작되었어요. 어차피 가마 안에서는 낳을 수 없으니 제가 미끼가 되는 편이 양 쪽에 다 이득일 거라 생각해요."

고영운은 다시 한 번 깜짝 놀랐다.

승려출신이라 출산에 대해 잘 알지는 못했다. 그러나 아녀자들이 아이를 낳을 때 무척 고통스럽다는 것은 알고 있었다.

한데 중전은 그 흔한 신음소리 한 번 내지 않았다.

고영운이 처음으로 당황해 물었다.

"고통이 심하시옵니까?"

"아직은 버틸만해요. 하지만 점점 더 고통스러워질 거예요. 가족들이 알면 놀랄 수 있으니 장군이 알아서 처리해주세요."

고영운은 중전이 말한 계획을 떠올려보았다.

성공가능성은 있었다.

그러나 미끼가 문제였다.

만약, 그 미끼에 무슨 일이 생긴다면?

끔찍했다.

상상조차 하기 싫었다.

조선은 그야말로 대살육시대(大殺戮時代)로 접어들 것이다.

이혼은 절대 반란군을 용서하지 않을 것이다.

아마, 그들의 가족 전체를 몰살시켜 복수하려 들 것이다.

고영운은 고민했다.

쉽게 결정할 수 없는 문제였다.

그때, 중전이 다시 한 번 강권했다.

"아녀자의 명은 따르기 어려운가요?"

그 말을 듣는 순간, 고영운은 자신에게 선택지가 없음을 알았다.

상대는 평범한 아녀자가 아니라, 중전이었다.

고영운은 속군 부대장을 불렀다.

그리곤 계획을 설명했다.

다 들은 부대장이 믿을 수 없다는 눈으로 그를 다시 보았다.

"그 계획을 따르실 생각입니까?"

"내가 중전마마를 모실 테니 자네가 나머지 분들을 책임지게."

부대장은 하는 수 없이 명에 따랐다.

우선 대비를 가마에서 나오게 했다. 그리고 세자와 문원대군도 말에서 내리게 했다. 세 사람이 무슨 일인지 몰라 당황할 때, 고영운이 가마꾼과 속군 대원에게 출발하라 명했다.

고영운은 중전을 태운 가마와 대비가 타고 있었지만 지금은 빈 가마, 그리고 세자와 문원대군이 타고 있던 말을 앞세워 북쪽으로 올라갔다. 예상대로 적은 미끼에 걸려들었다.

부대장은 숲 안에 남은 대비에게 물었다.

"1, 2리 정도 걸으실 수 있겠사옵니까?"

"그보다 중전은 대체 어디에 있는 것인가?"

"곧 돌아오실 것이옵니다."

애써 둘러댄 부대장은 속군 대원 두 명과 함께 대비, 세자, 문원대군 세 사람을 근처에 있는 안가(安家)에 데려갔다. 이미 도피 계획을 세울 때 가마를 교체하기로 했던 곳이었다.

안가에 들어가 지친 대비를 새 가마에 태우고 세자와 문원대군 역시 새 말에 앉혀 제주로 가는 배를 향해 출발했다.

다행히 그들을 쫓는 적은 없었다.

적은 노령인 대비가 걸어서 움직일 리 없다고 본 듯했다. 더욱이 대비이지 않은가. 이혼이 효심을 가지고 모시는 분인지라, 그런 분을 걸어서 움직이게 할 리 없다고 본 것이다.

편견이었다.

대비일행은 무사히 제주도로 가는 왕실 전선에 안착했다. 그리고 중전을 기다리지 않은 채 먼저 제주도를 향해 떠났다.

대비와 세자가 부대장에게 중전이 없는 이유를 여러 차례 물었으나 부대장은 둘러대며 제주로 가는 발길을 서둘렀다. 그저 고영운이 중전을 안전하게 지키기만 바랄 뿐이었다.

***

고영운은 거센 추격을 받았다.

처음엔 추격만 했지만 해안가에 가까워진 후에는 마각을 드러냈다. 고영운은 대원들을 뒤에 남겨 시간을 끌었다. 그러나 미봉책이었다. 결국, 모든 대원을 잃고 고영운과 중전만 남았다. 심지어 가마꾼으로 차출한 금군 대원들마저 시간을 끄는 일에 동원된지라, 중전을 부축하며 길을 가야했다.

"으음."

고영운은 참지 못하고 신음을 토했다.

중전이 걸어온 자리에 하혈한 자국이 선명했다.

고통이 엄청날 텐데도 중전은 낙오한 대원들 걱정뿐이었다.

"그들은 살았을까요?"

고영운은 잠시 고민하다가 대답했다.

"실력이 뛰어난 친구들이니 어떻게든 방도를 찾았을 것입니다."

"그랬으면 좋겠군요. 진심이에요."

"알고 있사옵니다."

그때, 중전이 걸음을 멈췄다.

고영운이 놀라 물었다.

"어찌 그러시옵니까?"

"곧 아이가 나올 것 같아요."

"이런."

고영운은 급히 주위를 둘러보았다.

한적한 숲속이었다.

적의 추격을 뿌리치기 위해 고른 장소이니 당연했다.

그때, 기적처럼 불빛 하나가 반짝였다.

고영운은 중전을 거의 떠메다시피 하여 급히 그쪽으로 향했다.

가정집이었다.

사냥꾼과 약초꾼이 한철 보내기 위해 세운 오두막은 아니었다.

고영운은 급히 안으로 들어가 물었다.

"누구 없소?"

그때, 문이 열리며 나이든 노부부 두 명이 얼굴을 드러냈다.

촌로처럼 보였다.

"무슨 일이시오?"

노인의 정중한 물음에 살짝 놀랐으나 일이 우선이었다.

"조카딸이 해산기가 있는데 도와주실 수 있겠습니까?"

고영운은 노인이 캐물을 거라 생각해 이유를 생각 중이었다.

이 인적 드문 곳에 있는 이유와 조카딸이 해산기가 있는데 데리고 나온 이유 등등 이상한 게 한두 개가 아닐 것이다.

한데 노인은 말없이 노파를 향해 고개를 끄덕였다.

노파가 문을 열고 툇마루로 걸어 나왔다.

그러더니 고영운 대신 중전의 어깨를 부축하며 몸을 살폈다.

"큰일 날 뻔했군요."

노파가 노인에게 소리쳤다.

"영감은 어서 물을 덥혀요!"

노인은 기다렸다는 듯 부엌으로 들어갔다.

노파는 노인이 자리를 비워준 안방으로 중전을 데리고 들어갔다. 그리곤 광목천을 준비하는 등 산파역할을 자청했다.

인적 드문 산골에 초라한 산실청이 마련되었다.

솥에 나무장작을 넣고 물을 끓이던 노인이 고영운에게 물었다.

“쫓기는 중이오?”

고영운은 숨길 필요가 없었다.

아니, 이미 숨기기엔 늦은 시점이었다.

“알아보셨습니까?”

“알아볼 수밖에.”

“그렇군요. 혹시 함자가 어떻게 되시는지?”

“촌에 사는 노인 이름 알아서 뭐하려고 그러시오?”

“상황이 좋아지면 찾아뵙고 인사드리는 게 도리 아니겠습니까?”

“인사 받을 생각으로 이러는 게 아니니 그럴 필요 없소.”

그때, 안방에 있던 노파가 물을 가져오게 하였다.

고영운은 그 동안 마당을 오가며 적의 추격을 경계했다.

다행히 속군 대원들이 대처를 잘한 듯 적은 나타나지 않았다.

잠시 후, 갓난아기의 힘찬 울음소리가 들려왔다.

고영운은 기뻐하며 안방에 대고 물었다.

“산모와 아기는 어떻습니까?”

노파가 한숨 돌린 목소리로 대답했다.

“둘 다 건강하오.”

고영운은 그 말에 자신도 모르는 사이에 불호를 외웠다.

“나무아미타불 관세음보살.”

이미 자신은 손에 피를 묻혀 더 이상 불가제자가 될 수 없다고 생각했지만 가장 기쁜 순간에는 불호부터 먼저 나왔다.

해산한 중전은 몸이 약해 길을 떠날 수 없었다.

갓난아기, 아니 공주마마 역시 마찬가지였다.

병이라도 걸리면 그 죄를 감당할 자신이 없었다.

고영운은 중전이 몸조리하도록 도우며 계속 상황을 살폈다.

도성을 점령한 반란군 수뇌부는 강화도로 피난한 조정을 설득, 회유하는 한편, 사람을 팔도에 풀어 왕실가족을 찾았다.

그리고 그 사이에 반란군의 진짜 주모자가 누구인지 밝혀졌다.

놀랍게도 도승지 정말수였다.

국경인 등과 함께 회령성에서 반란을 모의하다가 발각

당한 후 이혼과 함께 여러 전투에서 공을 세운 공신 중 하나였다.

한데 그런 공신이 주인의 손을 문 것이다.

정말수는 이혼에게 배운 게 많은지 장악력이 아주 대단했다.

아직 반란에 참가하지 않는 군과 포도청을 자기 휘하에 끌어들이는 한편, 강화도에 사람을 보내 유성룡 등을 회유했다.

회유하는 이유는 하나였다.

백성들이 더 고통을 받기 전에 조정을 정상화시키자는 거였다.

그러나 유성룡 등 조정 수뇌부는 이를 단칼에 거절했다.

정말수라는 소문을 들은 고영운은 고개를 끄덕였다.

이혼이 외지에 나가있는 동안, 왕실가족을 돌본 사람이 정말수였다. 도승지인지라, 왕실과 친할 수밖에 없었다. 또, 이혼이 그를 총애했는지라, 왕실도 그에게 의지하는 바가 컸다.

왕실가족이 은밀하게 궁을 빠져나왔음에도 궁에 심어놓은 정말수의 끄나풀들이 그 행적을 고대로 일러바친 것이다. 정말수는 바로 이수백을 대장으로 한 추격대를 편성했지만 포획하는데 실패했다. 고영운의 지휘가 뛰어나기도 했지만 그보다 큰 이유는 대궐을 장악하기 전이었던 탓이었다.

정말수는 결국, 대비, 그리고 세자와 문원대군이 제주도에 있다는 사실을 알아냈다. 정말수는 그날로 함대를 일으켰다.

경상수영과 전라수영에도 정말수의 포섭을 받아 배신한 자들이 적지 않았던지라, 함대를 꾸리는 데는 별 문제 없었다.

곧 제주도를 공격하기 위한 함대가 남해를 출발했다.

판옥선이 40척이고 기타 함선을 다 합치면 100척이 넘었다.

그러나 그들은 제주도에 바로 입성하지 못했다.

이혼이 몰래 빼돌린 전선으로 함대를 구성한 제주함대가 그들 앞을 막아섰다. 제주함대 제독 이완은 죽기 살기로 반란군의 침공을 막아냈다. 통제사 이순신의 말처럼 이완은 배신할 수 없는 사람이었다. 이순신의 조카인 것이다. 그리고 이혼에 대한 충성심이 남달라 정말수도 포섭을 포기했다.

그러나 제주함대는 전선이 너무 적었다.

해룡포로 무장한 것은 반란군 역시 마찬가지인지라, 3일 간 격전을 치룬 후 반란군이 상륙하는 것을 지켜볼 수 밖에 없었다.

제주에 상륙한 정말수는 보병을 보내 왕실가족을 사냥했다.

그러나 그들 앞을 막아선 부대가 하나 더 있었다.

바로 웅태의 항왜여단이었다.

근위군 소속의 일개 연대였던 것이 지금은 그 규모가 늘어나 여단으로 성장했다. 웅태를 비롯한 항왜여단은 정말수의 반란군을 막아냈다. 항왜여단의 엄청난 기세에 오히려 해안 쪽으로 다시 쫓겨날 지경이었다. 정말수는 본토에 지원을 청했다. 정말수를 도와 반란을 일으켰던 경상사단의 신상연 등이 제주에 넘어와 항왜여단을 양쪽에서 포위했다.

그래도 항왜여단은 버텨냈다.

마치 철갑처럼 단단했다.

그리고 바늘처럼 날카로웠다.

방어를 하다가도 틈이 보이면 거칠게 찔러갔다.

일진일퇴의 공방이 이어졌다.

평화롭던 제주도가 피를 머금어 붉어졌다.

수가 적은 항왜여단은 장기전이 불리했다.

그나마 다행인 점은 제주 백성이 왕실편이라는 거였다.

항왜여단은 제주 백성의 지원을 바탕으로 항전을 계속했다. 언제 끝날지 모르는 항전이었다. 지칠 법도 한데 웅태를 비롯한 항왜여단 장병들은 한사람이 남을 때까지 저항했다.

이렇게 되자 곤란에 처한 것은 오히려 정말수였다.

왕실가족을 잡는 것이 우선이라 생각해 본토의 병력을 무리하게 빼왔다. 한데 그 탓에 팔도 각지서 근왕군이 일어났다.

근왕군.

말 그대로 왕실을 지키기 위해 일어난 군대였다.

조선의 강토는 임진년에 이어 또 한 번 전란에 휩싸여갔다.

물론, 이번에는 내전이었다.

내전이 이어지면 조선인들 가슴 속에는 씻을 수 없는 상처가 남을 것이 분명했다. 차라리 외적의 침입이 더 나았다.

외적이 침입하면 힘을 합쳐 싸울 수 있었다.

그러나 내전은 아니었다.

내전은 형이 동생에게, 아들이 아버지에게 총부리를 겨누었다.

전쟁이 심화되려는 순간.

부산포 앞에 1592년 4월 달처럼 수십 척의 전선이 나타났다.

그러나 이번에는 왜국의 전선이 아니었다.

왜국 원정을 마친 조선군의 전선이었다.

이혼은 국정원을 통해 반란군의 진격상황을 계속 점검해왔다.

그리고 그 정보를 토대로 작전을 세워 실행에 나섰다.

이혼이 괜히 부산포에 모습을 드러낸 것이 아니었다.

항왜여단이 반란군의 주의를 끌고 있는 사이, 반란군 함대의 모항이랄 수 있는 부산포를 단숨에 접수했다. 그야말로 전광석화와 같은 기습이었다. 부산포에 있던 반란군 전선들은 이순신이 지휘하는 통제영에 전혀 상대가 되지 못했다.

부산포를 점령한 이순신은 남해에 전선을 형성시켰다.

이 작전은 정말수의 반란군 주력과 부화뇌동해 가담한 반란군들을 갈라놓기 위한 것이었다. 실제로도 그러했다. 정말수는 오히려 제주 쪽에 갇혀버려 본토에 대한 지배권을 상실했다. 이혼은 회유와 협박, 그리고 무력을 동원해 팔도를 빠르게 회복해갔다. 반란군이 반란을 일으킨 지 한 달째 되는 날, 함경도 일부와 제주도 북쪽을 제외한 전역이 이혼 손에 다시 들어왔다. 이혼은 강화도에 피신한 조정을 다시 도성으로 불러들였다. 그리고 본격적으로 반란군 소탕에 나서기 위해 직접 함대를 이끌고 남쪽으로 내려갔다.

반란이 일어난 지 두 달째의 일이었다.

정말수는 급해졌다.

초조해졌다.

이혼이 제주에 상륙하기 전에 결론을 내야했다.

왕실가족을 잡아서 방패막이용 인질로 사용하든지, 아니면 제주도를 점령해 독립하든지 해야 했다. 정말수는 공세를 강화했다. 이혼은 이를 막기 위해 2사단을 제주 남부 해안에 상륙시켜 항왜여단을 지원했다. 물자는 아직 충분했다.

대마도에 상륙한 조선 원정군을 지원하기 위한 보급기지가 바로 제주도 남쪽에 있었다. 정기룡의 2사단은 항왜여단과 협력해 정말수의 반란군을 제주 북쪽 해안가로 쫓아냈다.

그리고 그 틈에 제주 북쪽 해안에 도착한 이혼은 이순신을 내보냈다. 이순신의 조카 이완 역시 붕괴된 제주함대를 다시 구성해 이순신을 도왔다. 두 숙질이 양쪽에서 함포를 쏘아대니 반란군 함대는 지리멸렬하다가 한 척씩 침몰했다.

직접 해전에 참가한 이혼이 소리쳤다.

"한 놈도 살려둘 필요 없다!"

그 말에 따라 이미 연기가 피어오르는 전선에 포격을 가했다.

불과 반나절에 불과했지만 반란군 함대를 침몰시키는 데는 문제없었다. 100척이 넘던 반란군 함대가 제주 북쪽 바다에 가라앉았다. 이혼은 이어 해병대를 북쪽 해안에 상륙시켰다. 해병대장 방덕룡은 갓산토다성에서 많은 병력을 잃었지만 해안 상륙에 성공했다. 해병대가 상륙한 북쪽 항구에 접안한 이혼은 본격적으로 내륙 쪽에 부대를 전개해나갔다.

장산호의 포병여단이 앞장섰다.

정말수도 간신히 끌어 모은 야포로 포병을 배치했지만 근위군 포병대와는 질부터 달랐다. 신용란이 비처럼 떨어졌다.

이혼은 휘하 장수들을 불러 엄하게 명했다.

"길면 길수록 우리의 손해요. 단숨에 제압하시오."

"예, 전하!"

도원수 권율은 1, 3, 5사단을 모두 내보내 맹공격을 가했다.

또, 항왜여단과 2사단으로 하여금 뒤를 공격하게 하여 협공했다. 정말수의 반란군은 연패를 거듭하다가 한라산으로 후퇴했다. 이혼은 고민이 컸다. 한라산은 큰 산이었다. 아니, 하나의 산맥이라 봐도 무방했다. 지리산이나, 금강산처럼 지형이 험하고 수풀이 우거져 찾기 어렵진 않지만 높은 고지서 저항하는 적을 찾아내 제거하는 것은 어려운 일이었다.

이혼은 권율을 불렀다.

"어떻게 생각하시오?"

"겨울이 오기 전에 잡을 수 있을 것이옵니다."

"과인은 기다릴 수 없소."

"속도를 올리라 명하겠사옵니다."

권율의 말에 이혼은 고개를 저었다.

"다른 방법을 써봅시다."

"어떤 방법 말이옵니까?"

"정말수의 부하 중에 배신할 만 한 자가 있소?"

그 말에 대답한 것은 권율이 아니었다.

권율 반대편에 앉아있던 국정원장 허균이 대답했다.

"이수백이 어떻겠사옵니까?"

"이수백?"

"예, 전하. 국정원에서 분석한 내용에 따르면 욕심이 많은 자라고 하더이다. 그에게 문서로 만든 사면령(赦免令)을 내리고 정말수를 제거하라 시키면 바로 시행할 것이옵니다."

"좋소. 국정원이 맡아 해결하시오."

"성은이 망극하옵니다."

허균은 바로 작업에 들어갔다.

권율은 군 대신 정보기관이 나서는 게 탐탁지 않은 눈치였다.

그러나 이혼 말대로 이번 반란은 겨울이 오기 전에 끝내야했다. 질질 끌다가는 어디서 반란이 일어날지 알 수 없었다.

허균의 작업은 곧바로 성과를 거두었다.

정말수가 포박당해 이혼 앞에 끌려온 것이다.

물론, 이수백이 그렇게 만들었다.

이혼은 이수백에게 약속한 사면령을 주었다.

그리곤 정말수를 직접 만나 물었다.

"이유가 무엇이냐?"

그 말에 정말수가 피식 웃었다.

"정말 모르시오?"

"모르니 묻는 게 아니냐? 과인은 너를 박하게 대하지 않았다고 생각했다. 다른 사람들은 몰라도 너만은 아니라 믿었지."

그 말에 정말수가 껄껄 웃었다.

"이 땅에 이씨만 왕하라는 법이 있소? 이씨는 이제 그만 물러날 때가 되었소. 그 동안 해먹었으면 되었지 얼마나 해먹으려고 욕심을 부리는 것이오? 백성들만 더 고달파질 뿐이오."

"이씨만 왕하라는 법은 없다."

이혼은 잠시 말을 멈췄다가 이어갔다.

"그러나 너는 더러운 기회자주일 뿐이야."

이혼의 손짓을 받은 병사들이 정말수를 데려가 목을 베었다.

정말수가 죽은 후 반란군은 빠르게 정리되었다.

죽을 자는 죽고 살 자는 살았다.

여담이지만 정말수를 가져다바친 이수백은 이번 반란을 진압하다가 죽은 장수들의 아들이 노상에서 칼로 베여 죽였다.

악인다운 최후였다.

한편, 이혼은 바로 제주 남쪽을 찾아 가족을 만났다.

대비는 마음고생이 심한 듯 보였지만 건강엔 문제가 없었다.

다행이었다.

세자가 걱정스러운 얼굴로 물었다.

“어마마마의 행방은 찾으셨사옵니까?”

“사람들을 보내 팔도를 뒤지고 있으니 곧 만날 수 있을 게다. 걱정하지 마라. 네 어머니는 그렇게 약한 사람이 아니니까.”

좋은 말로 안심시켰지만 정작 이혼 본인은 불안해 죽을 지경이었다. 만삭인 아내가 행방이 묘연한데 걱정하지 않을 사람이 없을 것이다. 이혼은 부하들이 중전을 먼저 찾아내거나, 아니면 중전이 소식을 듣고 먼저 찾아오기를 기다렸다.

이혼은 중전이 살아있을 거라 생각했다.

아니, 확신했다.

이혼이 가족과 함께 도성 대궐로 돌아왔을 때였다.

중전을 찾던 국정원 요원 하나가 엄청난 공을 세웠다.

도성 북서쪽 어느 산 속에 숨어있던 중전을 찾아낸 것이다.

이혼은 부하를 시키지 않았다.

직접 산 속에 있다는 중전을 찾으러 떠났다.

산 입구에 도착한 이혼은 따라오려는 부하들을 만류한 후 국정원장 허균과 집을 알아낸 요원만 대동한 채 집을 찾았다.

집에 가까이 다가가니 중전의 목소리가 들렸다.

아기에게 자장가를 불러주는 듯했다.

이혼의 발걸음이 빨라졌다.

문을 벌컥 열어젖힌 이혼은 마침내 중전 앞에 섰다.

이혼을 본 중전은 입술을 깨물었다.

이혼의 얼굴 한쪽을 가른 상처가 먼저 눈에 들어온 것이다.

"신첩과 한 약속을 지키지 않으셨군요."

중전은 이혼이 출정할 때 다치지 말고, 죽지도 말라고 했다.

이혼은 미소를 지었다.

"그래도 한 가지는 지켰잖소."

그 말에 중전이 달려와 이혼을 껴안았다.

옆에 있던 허균과 국정원 요원이 얼른 고개를 돌렸다.

노인을 도와 장작을 패던 속군 대장 고영운도 돌아와 있었다.

"딸이에요."

중전이 안고 있던 갓난아기를 건넸다.

이혼은 갓난아기를 받아 어르다가 햇빛 쪽으로 돌렸다.

"네 이름은 어미의 이름 한 자를 받아 향이다."

눈에 넣어도 아프지 않을 딸에게서 시선을 떼지 못하던 이혼은 고개를 들어 고영운을 보았다. 고영운은 즉시 바닥에 엎드려 절을 올렸다. 이혼은 고영운을 일으켜 세워 악수했다.

부르튼 손이었다.

"고맙소. 이 은혜는 과인이 평생 기억할 것이오."

"송구하옵니다."

고영운은 머리를 깊숙이 숙였다.

이혼은 이어 중전과 고영운을 숨겨준 노부부에게 걸어갔다. 이혼이 임금임을 안 노부부는 깜짝 놀라 바닥에 엎드렸다.

한데 노인의 모습이 어딘지 익숙했다.

한참만에야 그가 죽은 윤두수의 동생 윤근수임을 알아보았다.

윤근수는 형과 함께 제주에 유배되었다가 몇 년 전 풀려났다.

노인을 일으켜 세운 이혼이 물었다.

"이곳에 얼마나 있었던 것이오?"

"제주도를 떠난 후 줄곧 이곳에 있었사옵니다."

"과인이 그대에게 큰 빚을 졌구려."

"중전마마라는 것을 알아보고 도와드린 건 아니옵니다."

"알고 있소."

이혼은 윤근수부부를 도성으로 청했다.

그리고 윤근수에게는 사면령을 내리고 복직을 명했다.

윤근수 이후 끊어졌던 서인이 정계에 재등장하는 순간이었다.

이혼은 유성룡, 윤근수 등 각계 계층의 도움을 받아 광해록(光海錄)을 계속 써나갔다. 노비의 완전한 해방, 만주족과의 협력, 종교의 자유, 교육, 과학, 기술, 문화, 의학의 발전과 창달 등 수없이 많은 업적들이 광해록의 빈 장들을 메워가기 시작했다. 언젠가 광해록이 끝나는 날이 오겠지만 이혼은 숨이 다하는 그 순간까지도 조선과 백성을 위해 살았다.

〈완결〉